KB112863

의자 빼기

살림Friends

차례

아니다. 그렇지 않다!

“내놔. 네가 가져갔잖아.”

“아니거든! 진짜 어이없네? 나란 증거가 어딨어?”

“네가 젤 마지막까지 교실에 남아 있었거든?”

“뭔 개드립? 내가 뭣 때문에 너희 걸 숨겨?”

“그거야 네가 알겠지.”

“헐! 난 아는 바도 없고 알고 싶지도 않고 그리고 너네 그 찌질한 리포트엔 관심도 없거든?”

승미네 모둠의 수행 평가 리포트가 감쪽같이 없어졌다. 원래 3교시가 마감이었는데 의욕적인 승미네 모둠 애들이 첨부할 게 있다며 샘한테 야자 전까지만 미뤄 달라고 졸랐다. 그러고는 야자 시작 전에 학교 밖으로 우르르 나가 도표를 출력해 왔는데 그사이에 리포트가 사라진 것이다. 누군가 훔쳐갔다. 그리고 아이들은 그 누군가가 바로 지오라며 몰아붙이는 중이다.

"웃겨! 모른다면서 그게 찌질한지 어떤지는 네가 어떻게 알아?"

"어떻게 모를 수가 있어?"

"뭐?"

"피차마차 쌍마차 아니겠어? 니들이 보지도 않고 내가 가져갔다고 몰아붙이는 거나 내가 찌질할 거 같다고 추측하는 거나, 그게 그거 아니겠냐고."

"미친 거 아냐?"

승미가 흰자를 비중 있게 드러내 보이며 째린다. 가만히 있을 지오가 아니다. 역시 가자미눈을 뜬다. 일촉즉발의 위기다. 그때 승미의 '꼬붕'인 시연이가 나섰다.

"야! 서지오, 네 속이 훤하게 들여다보이는데 뭘 빼냐? 욕심 때문에 한 짓이잖아? 솔직히 여기 우리 반 애들 거의 다 알걸."

수행 평가 과제를 조별로 나눠서 하는 게 좋겠다고 여론이 모아졌을 때 지오는 손을 반짝 들고 혼자 하겠다고 나섰다. 이미 그것만으로도 지오는 반 아이들의 미움을 샀다. 그런데 승미네 모둠과 지오가 정한 주제가 우연찮게 비슷해서 그 문제로 실랑이도 잠시 벌어졌었는데 결국 또 이런 일이 생겼으니……. 점수에 혈안이 된 지오를 꼬집고 싶은 거다.

"다 알긴 뭘 다…… 안다는 거야?"

지오가 균형을 잃고 발끈하자 승미는 승자의 여유로움으로 주변 아이들에게 동의의 눈빛을 굴린다. 그러다가 하필 내 앞에서 딱 멈춘다.

"은오, 너도 알지?"

"어? 어……."

신음 같은 소리가 내 의지와 무관하게 입 밖으로 흘렀다. 사실 난 안다는 말을 하려던 게 아니다. 단지 승미의 카리스마에 찔끔했던 거다. 마치 오줌을 지리듯이. 하지만 이미 강을 건넜다. 이제 승미의 목소리 톤은 하늘을 찌른다.

"거 봐. 은오조차 그렇다고 하잖아!"

내 이름에 '조차'란 보조사가 붙는 이유는 지오와 내가 쌍둥이 자매이기 때문이다.

"야! 서은오! 너, 아까 나 자는 거 봤지?"

지오가 앙칼지게 따졌다. 내 이름에 성까지 붙여 우리가 혈연임을 상기시켰다. 하지만 승미의 시선에 묻어나는 번들거리는 독소에 비교하면 지오의 앙칼짐은 앵앵거리는 모기 소리에 불과하다. 난 대답 대신 멀쩡한 종아리에 침을 묻히고 긁기 시작한다. 벅벅! 종아리 위로 허연 손톱자국이 그려진다. 난 나름 죄책감을 다리에 그리고 있는 것이다.

나를 포기한 지오가 마침내 배 째라라는 듯 툭 말을 던졌다.

"여하튼 난 자고 있었기 때문에 암 것도 모르니까 맘대로들 하셔! 국과수에 의뢰를 하든지……."

맞다! 난 봤다. 지오는 자고 있었다. 그것도 무릎 담요를 머리끝까지 뒤집어쓴 채로. 그리고 솔직히 말하자면…… 시연이가 희수 책상에서 뭐가를 꺼내는 것까지도 봤다. 고로 이건 음모다. 지오에게 경종을 울리기 위해 승미가 쳐 놓은 거미줄이다.

'거미가 줄을 타고 올라갑니다…….'

우 씨! 잡아먹겠다고 줄을 타고 유유히 올라가는데 내가 뭘 할 수 있단 말인가. 옆에서 같이 버둥거려 주는 게 의리라고? 하지만 그래서 얻는 게 뭐가 있단 말인가!

굳이 변명을 한다면 난 아직 전학생 딱지도 못 뗐다. 수다를 떨 거나 마음 놓고 뒷담을 깔 친구도 없고 매점이나 화장실에 같이 갈 애도 없다. 심지어 아이들은 내게 호의적이지 않다. 쉬는 시간에 삼삼오오 애들이 모여서 수다를 떨 때 옆에서 듣고 내가 같이 히죽거리면 걔들은 순간 노골적으로 뾀쭘한 표정을 짓는다.

'가까이 오면 쏜다!'

완전 이 표정이다. 게다가 아무리 조심을 해도 말 속에 섞여 나오는 사투리 때문에 아이들의 눈총을 받는다. 그런데 이 시점에 승미 같은 애한테 맞설 이유가 없다. 바보가 아닌 다음에야.

그렇다고 핏줄을 팔아먹느냐고? 그건 모르는 소리다. 난 승미 같은 애를 잘 안다. 여왕벌 같은 애다. 한번 찍히면 끝이다. 여왕벌의 손짓 하나에 일제히 움직일 일벌들의 아우성을 생각하면 아찔하다. 차라리 승미의 그늘 속으로 조용히 들어가 납작 기고 싶은 게 내 솔직한 심정이다.

난 홀로 자족하며 우아하게 날개를 펴는 공작새 부류가 아니다. 일개미과에 속한다. 다수 속에 묻혀서 헤헤거리며 더불어 살고 싶을 뿐. 고로 이는 최소한의 생존을 위한 나의 자구책이다. 아무리 지오와 내가 쌍둥이 자매라 해도 생존에 앞서 더 중요한 일은 아무것도 없다.

난 어떤 식으로든 혼자가 되고 싶지 않다. 혼자가 되어 본 적이 있는 자는 알 것이다. 그게 얼마나 무서운 일인지. 무덤 속 고요 같은 공포의 시간을 느껴 본 자가 아니라면 아무 말 마라!

음모란 걸 알 리 없는 희수가 이를 드러내며 흥분했다.

"그럼 누가 그랬단 거야? 나가기 직전까지 있었다구!"

"그거야 모르지. 너희가 그랬는지 어쨌는지……."

"장난해? 우리가 무슨 자해 공갈단이야?"

점수에 혈안이 되어 있기로는 희수 역시 지오 빰치는 애라 울기 일보 직전이다.

"너…… 네 거랑 주제도 비슷한데 우리 리포트가 그럴싸해 보이니까 그딴 짓 한 거지?"

그러자 지오는 비아냥 순도가 99퍼센트인 특유의 썩소를 지어 보인다.

"웃겨! 난 기본적으로 너희를 경쟁자로 생각하지 않아. 주제가 비슷하면 뭐하냐고! 반짝인다고 다 보석이디? 그리고 너네 너무 안달 까지 마! 늦어 봤자 감점 쫌 받을 테지만 솔직히 그 점수 있다고 유리가 보석 될 것도 아닌데 뭘 그래?"

헐! 지오, 쟤는 저게 문제다. 자기 눈을 자기가 찌르고 있다는 걸 정녕 모른단 말인가?

"개뻑이 작렬하네!"

"재수 짱이다."

"토 드립 대박!"

교실 안이 벌집을 쑤신 듯 시끄러워진다. 이로써 지오는 리포트를 훔치지 않고도 훔친 것보다 더한 죄목을 얻게 되었다. 일명 '자뻑'죄.

그렇다! 지오는 자뻑의 화신이다. 다른 사람도 아닌 혈연인 내가, 그것도 엄마 배 속에서 열 달 동안 동거인으로 지낸 이력을 가졌음에도 불구하고 얄짤 없이 쌩깔 수 있었던 이유는 바로 이것이다. 사람이 아무리 생존이 급하다고 해도 누구나 태어날 때 혈연에게 갖는 최소한의 의리는 기본적으로 세팅되어 있다. 다시 말해

'핏줄 땡김'은 옵션이 아니라는 소리다. 하지만 그럼에도 불구하고 내가 '선(先) 생존, 후(後) 의리'를 내세우며 지오를 모른 척했을 때에는 다 그만한 이유가 있는 것이다.

'천상천하 유아독존'식의 자뻑 증세 때문에 지오는 늘 아이들에게 공격을 받았다. 그러므로 내가 그런 지오를 감싼다는 건 분별없는 행동이다. 지오가 저렇게 싸가지 없는 말만 하지 않았더라면 난 은근 죄책감에 뒷수습이라도 하려고 머리를 굴렸을지 모른다. 하지만 이제는 아니다. 지오의 발언 때문에 난 자유로워졌다. 한마디로 쟤는 당해도 싸다.

지오가 교실 밖으로 나간 뒤에도 아이들의 분노는 쉽게 식지 않는다.

"완전 재수탱이. 씨불이는 거 봐!"

"저만 잘났단다!"

"싸가지가 바가지야!"

그때 누군가 말했다.

"쟤 모태 자뻑이잖아."

"맞아, 초딩 때부터 장난 아니었거든!"

그러자 승미가 기다렸다는 듯 입을 열었다. 준비된 말이다.

"쌍둥이여도 은오, 얜 안 그러는데……."

이 말은 승미가 나를 받아들이겠다는 선포이며 동시에 지오를 완전히 고립시킬 작정이란 소리다.

"어머! 대박! 너희 진짜 쌍둥이야?"

몰랐던 애들이 호들갑을 떤다. 일란성이냐, 근데 왜 넌 딴 데서 살았냐, 쌍둥이여도 진짜 안 닮았다, 그래서 성격도 완전 다른가 보다, 재 집에서도 싸가지냐, 등등.

"어…… 집안 사정상."

누워서 침 뱉기는 할 수 없어 긴말은 안 했다. 물론 집에서도 싸가지인 지오에 대해서는 조곤조곤 꼰지르고 싶은 마음이 있긴 했다. 안팎으로 새는 바가지라고. 그리고 지오 얼굴이 성형발이라는 것도. 사실 우린 일란성이 맞다. 그런데도 지오는 성형 전 모습이 들통 나는 게 싫어서 늘 이란성이라고 뻥을 친다. 하긴 난 지오의 움직이는 성형 전 모습이니까 싫긴 할 거다.

그런 사정이 있었다. 집집마다 들춰 보면 사정 없는 집 없듯이 우리 집에도 조금은 별스런 사정이 있었다. 쌍둥이인 우리가 떨어져 살아야 했었던 사정.

사실 어린 자식을 떼 내야 할 때는 좀 더 기막힌 사연이 있어야 할 것 같은데 솔직히 그건 아니었다. 말하기 쪽팔릴 정도로. 하지만 엄마는 불가피했다고 했다. 뭐, 물론 세상사의 모든 일엔 '입장 차이'라는 게 있어서 딱히 어떤 게 맞는 거라고 주장하긴 애매하다. 하지만 내 입장에서 볼 때 그건 정말 말도 안 되는 이유였다고 본다. 엄마가 살아만 계셨다면 살면서 두고두고 그 문제를 따져 보려고 했는데…… 그래서 기필코 '내 말이 맞지!' 하고 엄마를 이겨 먹으려고 했는데……. 엄마가 그런 식으로 치사하게 내뺄지는 몰랐다. 어쨌거나 우린 그렇게 자랐다. 이런 젠장!

야자 1교시에는 공부를 한 자도 못했다. 물론 원래 안 하지만 안 한 것과 못 한 건 다르니까. 승미의 음모가 영 맘에 걸렸다. 정의 구현 차원에서 볼 때 그건 정말 옳지 않은 일이다. 지오한테 사실대로 얘기할까? 하지만 그 이후를 상상해 보면 진짜 악몽이다. 길길이 뛸 지오와 승미에게 당할 복수, 상상만으로도 오금이 저린다.

그래서 2교시에 생각을 바꿨다. 승미의 음모는 지오와의 오래된 갈등의 결과물이다. 어쩌면 언젠가 지오가 저지른 비행이 부메랑이 되어 돌아온 걸지도 모른다. 지오가 응당 치러야 할 대가라고나 할까? 그러므로 둘이 해결해야 할 일이다. 나는 고래 싸움에 등 터지는 멍청한 새우가 되고 싶지 않다. 고래들이 싸울 때 새우는 눈치껏 빠져야 한다. 하지만 곧 그 모든 고민은 필요 없는 일이 되었다.

야자 3교시가 끝났을 때 느닷없이 학생 주임이 들어왔다. 그러고는 다짜고짜 눈을 감으라고 하더니 일장 연설을 퍼부었다.

"비극이다! 아무리 우리 사회가 각박해졌다고 해도 그렇지, 한참 의리로 뭉쳐야 할 고삐리들이 그깟 점수 때문에 친구를 음해하고 반 전체를 불신의 늪으로 빠뜨린다는 건 있을 수 없는 일이다. 고로! 차제에 불신의 싹을 자르고자 내가 떴다. 에…… 안타깝게도 난 리포트를 숨긴 놈을 안다. 익명의 제보가 들어왔다. 따라서 개기고 깡쳐서 넘길 생각은 마라. 세상에 비밀은 없다. 자! 리포트를 숨긴 놈은 조용히 머리에 얹은 주먹의 손가락을 펴라. 물론 비밀은 보장해 준다."

조용한 가운데 작은 소리가 술렁인다.

"아 존나 짱 나! 뭐야?"

"스가발, 지들이 관리 못하고 뭐 하는 짓이야."

샘을 향해 돌직구를 날리는 놈도 있다.

"아시는데 뭐하러 이렇게 해요? 걔만 뽑아 가면 되잖아요."

"저 학원 가야 하는데요?"

"엄마가 교문에서 기다려요. 늦으면 졸라 욕먹는데."

학생 주임이 미소를 지으며 말한다. 간담이 서늘해지는 미소다.

"제 말에 토 달면 토 나오게 늦게 가는 수가 있습니다, 새끼들아!"

결국 토 나오게 긴 시간 동안 눈을 감고 있은 뒤 학생 주임의 "오케이!" 소리를 끝으로 간신히 끝났다. 샘이 나가기가 무섭게 지오가 선수를 친다.

"내가 그럴 줄 알았어."

자기가 한 일이 아님을 분명히 하겠다는 의도다. 마치 손가락을 올린 애를 본 것처럼 말한다. 하지만 시연이가 손가락을 뻗었을 리 없다. 대단한 선수다. 그리고 모든 걸 다 알고 있다는 학생 주임의 말도 거짓말일 거다. 다만 학생 주임은 이 과정을 통해 재발 방지 효과를 보고 싶었을 것이다. 선수들의 합작품이었다.

"시발, 좆같네. 지들이 간수를 잘했어야지."

"누가 꼰지른 거야? 꼴랑 감점 몇 점 땜에 이 난리야? 재수 없게……."

지오의 말 뒤로 몇몇 애들이 격하게 성깔을 부린다. 범인이 누구인가에 대해서는 아무 관심도 없다. 다만 자신들이 붙들려 있었단 사실에 약이 바짝 올라 있다. 고로 화살은 당연히 승미네 모둠 애들을 향해 날아간다.

"우리 아니거든!"

승미네 모둠 애들이 극구 부인했지만 이미 늦었다. 어쨌거나 지오의 승리다. 승미가 빠뜨리려고 했던 함정에서 지오는 교묘하게 빠져나왔으니까.

덕분에 피 본 건 나다. 난 익명의 제보자가 절대 아니다. 근데 괜히 쫄게 된다. 승미가 나를 의심의 눈초리로 보는 것 같다. 그렇다고 "나 아니거든!" 이렇게 외칠 수도 없다. 승미와 시연은 뭐 밟은 표정이 되어서 나갔다. 난 일부러 가방을 천천히 챙긴다. 지오와 같이 집에 가게 될까 봐서다. 할 수 없이 난 또 종아리를 긁는다. 책상 아래로 몸을 꺾어 다리를 긁으며 읊조렸다.

'약아 빠진 지오 가시나, 열나 재수 없다 아이가!'

학생 주임한테 꼰지른 건 틀림없이 지오일 것이다. 지오 쟤는 어릴 적부터 늘 그랬다. 손해 보고는 못 사는 타입이다.

*

초등학교 5학년 여름 끝자락, 한발 들이민 서늘한 가을바람이 여름 태양빛으로 노릇노릇 익은 세상을 서서히 식혀 버리던 그즈음, 그날 밤의 기억은 아직도 내게 화인(火印)처럼 생생하게 남아 있다. 살면서 수천 번은 떠올려 본 기억이니까.

만약에 내 인생을 되돌린다면 딱 그 시점부터여야 한다. 그래서 수없이 피드백을 했다. 나중에 되돌린다고 될 일이 아니었다는 걸 안 뒤로는 오히려 머릿속에서 떨어내려고 애썼지만 그건 이미 깊게 각인되어 버린 뒤였다.

눈을 감으면 배경음으로 파도 소리가 깔린다. 쏴아! 그리고 화면이 클로즈업된다. 어둠 속에 누운 엄마아빠, 그 옆에 나란히 누운 지오 그리고 내 모습이 실루엣으로 선명하게 찍힌다. 지오는 깊은 잠에 빠져 있고 애석하게도 난 깨어 있다. 덕분에 난 엄마아빠의 두런거리는 이야기를 고스란히 듣는다. 숨을 죽이고 말이다.

"장모님이 데리고 있기엔 차분한 지오가 나은 거 아냐?"

"아니지, 그래도 붙임성 좋은 은오가 낫지! 애가 좀 부산스럽긴 해도……."

방학이라 외할머니네 잠깐 놀러 온 줄만 알았는데 외할머니가 계신 곳 건넌방에 누워서 엄마아빠가 이런 엄청난 이야기를 주고받을 거라고는 상상도 못했다. 두 분은 지오와 나 중에서 이곳에 떨구고 갈 아이로 누가 좋을지 재고 있었다.

'어느 것이 좋을까 알아맞혀 보세요!'

마치 핑퐁 게임을 하듯 지오와 내 이름이 번갈아 들먹여졌다.

내 이름이 나올 때마다 초조함에 온몸이 바싹 말라 버릴 것 같다. 그런데도 입 속에는 눈치 없이 침이 흥건히 고인다. 침을 삼킬 때마다 꼴깍 소리가 날까 봐 일부러 몸을 뒤척였다. 몸을 뒤집는 틈을 타 침이 냉큼 목젖을 넘었다.

분명 이야기의 초반에는 지오가 이곳에 남는 것으로 결론이 났었다. 애가 진중하니 큰 사고를 칠 염려도 없고 데퉁맞지 않은 데다가 식탐도 없고 책임감이 강한 애니까 부모 그늘 밑이 아니라도 절대 딴짓은 안 할 거라며. 그동안 먹을 것에 욕심 부리고 숙제도 제때 안 하고 자주 그릇을 깨 먹었던 나 자신이 미치게 대견스러웠다. 그렇게 결론이 났구나 하며 안심했는데 웬걸? 채 5분도 지나지 않아 두 분은 다시 말을 번복했다.

"은오가 낫지."

우 씨! 화가 난다. 지오랬다가 은오랬다가 '짜장 먹을래, 짬뽕 먹을래?' 완전 이런 식이다. 한 사람의 운명이 순식간에 뒤집히는 건데 어떻게 저런 식으로 가벼운 뒤집기를 한담?

정말 몰랐다. 엄마 배 속에 동생이 들어앉았다는 사실을. 개로 인해 쌍둥이인 지오와 나 둘 중 하나가 이곳에 떨궈진다는 사실은 더더욱 몰랐다. 하긴 알았다고 한들 뭔 상관이겠는가? 지구가 돌듯이 일은 내처 진행될 게 뻔한데.

아마도 이 모든 일은 외할머니의 생각이었을지도 모른다. 갑자기 외할머니가 미워졌다. 외할머니는 늘 우리 둘만 보면 혀를 차셨다.

"하나씩 순번대로 기 나오지 뭐가 그리 급하다꼬 한꺼번에 튀나와 니 엄마 진을 빼노!"

1분 차이로 내가 먼저 나왔으니 이 이야기는 당연히 지오 몫이다. 헌데도 할머니는 꼭 우리 둘을 골고루 보면서 이야기를 했다. 마치 공동 책임이라는 듯이. 꼭 집어 지오한테만 이야기하면 좋을 텐데!

그래서 난 이곳에 오는 게 별로다. 어디서부터 어떤 식으로 우리가 잘못한 건지 잘 모르겠으나, 우리를 탐탁지 않아 하는 할머니 앞에서 난 늘 주눅이 들었다. 주눅은 사람을 오그라들게 만드는데 종이처럼 구겨지는 내가 싫어서 이곳에 오면 유난히 더 오버를 하게 된다. 그래서 어제도 신발 던지기를 하다가 항아리 뚜껑을 깼다. 혹시 그 일이 발단이 된 걸까?

엊그제 이곳에 막 도착했을 때도 할머니는 우리를 보자 마자 대뜸 탄성을 내질렀다.

"아따 이 가시나들, 지 엄마 등골 빼먹고 쭉쭉 잘도 번졌네!"

분명 할머니의 얼굴에는 반가운 마음에 희색이 돌았지만 난 '번졌다'라는 말에 몸을 움츠렸다. 엄마의 등짝 중간쯤에 빨대를 꼽아 등골을 쪽쪽 빨아먹는 흡혈귀 같은 모습이 연상되어서 소름이 끼쳤다. 등골은 무슨 색일까? 여하튼 할머니는 엄마의 진을 빼는 우리를 갈라놓아 딸의 고생을 반으로 줄여 보자고 했으리라.

결과를 기다리는 내 초조함과 무관하게 갑자기 엄마아빠는 뜬금없이 등 긁기 모드로 급선회한다.

"거기, 아니…… 거기 아래 오른쪽…… 응응, 그래그래, 거기. 아잉, 시원해."

평상시 엄마는 늘 잘라먹는 콩나물처럼 끝자락을 똑똑 잘라서 쌀쌀맞게 말했다. 헌데 아빠가 등을 긁어 주자 발끝을 세운 발레

리나처럼 콧소리가 섞인 말을 한다. 곧이어 엄마는 몸통 울림소리를 낸다. 마치 진저리를 치는 메아리 같다. 아빠의 등 긁기가 어느새 안마로 변했나 보다.

"근데에…… 다앙신으은…… 애들 떼놓……는 거, 괜찮은 거…… 지잉?"

엄마가 '괜찮은 거지?' 하고 묻는 건 괜찮지 않다고 이야기하기만 하면 가만히 안 있겠다는 소리와 다름없다. 그건 내가 안다. 숱하게 겪어 봤으니까. 엄마에겐 그런 힘이 있다. 정확하게 조준해서 상대에게 자신의 욕구를 관철시키는 그런 힘 말이다. 물론 아빠도 잘 알기에 정답을 말했다.

"그럼, 괜찮지이."

"당신…… 엄마가…… 한…… 소리 하실 텐데……."

"노인네들이야 뭐, 그럴 수 있지. 하지만 당신 힘든데…… 괜히 저번처럼 또 유산되면 어떡해? 집에서 노는 사람도 아닌데……."

"그……치이? 당신 마알이…… 백번 맞아."

엄마는 교묘하게 이 모든 일의 기획자가 아빠인 것처럼 말한다. 아빠가 선봉에 서서 일을 기획하는 예는 거의 없는데도 말이다.

"그럼 이참에 그냥 두고 갈까?"

엄마는 결승점에 들어선 사람처럼 잽싸게 아빠 쪽으로 몸을 돌려 말한다.

"지오? 은오?"

"누구든! 초기라 몸조심해야 하는데 자주 움직이기도 그렇고…… 그냥 이번에 내려온 김에 두고 가지, 뭐!"

"그래도 괜찮을까? 애들 학교서 배우던 것도 있을 텐데……."

"됐어! 초등생이 뭐 끌난 거 배운다고!"

허걱! 발등에 불이 떨어졌다. 지오인지 나인지는 둘째 문제라 치더라도 이참에 두고 간다니……. 아무리 우리가 끌난 걸 안 배운다고 해도 우리한테도 사회생활이라는 게 있는데 어떻게 정리할 시간조차 안 준다는 건지…… 황당할 따름이다.

"뭐…… 짐이야 부치면 되는 거고……."

아까 분명 내가 부산스러우니 지오가 낫겠다는 데에서 이야기가 끝났으니까…… 나 혼자서 지오가 남을 것이라는 결론을 짓고는 가늘게 안도의 한숨을 쉬었다.

지오와 헤어져 사는 게 어떨지 궁금해졌다. 늘 둘이었다가 혼자가 된다는 건 어떤 기분일지……. 그리고 지오와 함께 나눠 쓰던 물건들, 예를 들면 금박 머리띠와 게임기와 자전거 그리고 지난겨울에 반반씩 돈을 모아 산 빨간색 더플코트, 일명 떡볶이 코트와 부츠는 어떻게 해야 하는 건지가 과제로 남는다. 유난히 신발 욕심이 많은 지오이니 절대 양보를 안 할 것이다. 그렇다면 혹시 한 짝씩 갖게 되는 걸까? 이런저런 걱정들이 뒤죽박죽 마음속을 들락거리는 가운데 겨우 잠이 들었다.

하지만 다음 날 또 한 번의 반전이 일어났다. 밤새 지오와 나를 두고 번복했던 걸로 부족했던 걸까? 어이없는 마지막 반전이었다. 나로서는 더없이 비극적인…… 이런 걸 운명이라고 해야 하나? 그렇다면 할 말은 없지만…….

아침밥을 먹다 지오가 생선 가시를 삼켰다. 그런데 뭔 조홧속인지 빠지지 않았다. 밥통 속의 맨밥을 반 이상이나 입 속에 쑤셔 넣었는데도 꿈쩍 안 했다. 아주 작정을 하고 박힌 듯했다. 결국 병원에 갔다. 의사 선생님은 지오의 입 속을 들여다보더니 금세 가시를 빼냈다. 의사는 시시할 정도로 순식간에 일을 끝내더니만 뒤돌아 엄마와 눈을 맞추고는 삿대질하듯 말했다. 아데노이드 비대증 때문에 애가 코로 숨을 못 쉬는데 왜 이렇게 방치했냐고. 위압적인 말투에 윽박지름이 섞인 표정까지 지어 가며 엄마에게 훅을 내질렀건만 엄마는 의외로 고분고분했다.

"선생님, 그럼 어쩌죠?"

엄마는 언제 어디서 누구에게나 당당하게 뻔대는 타입이다. 헌데 웬일인지 평상시와는 달랐다. 나로서는 처음 보는 엄마의 낮은 자세였다. 의사 선생님이 지나치게 잘생겨서일까? 오뚝한 콧날에 깊고 큰 눈, 진하게 접힌 쌍꺼풀이 들고 날 때마다 긴 속눈썹이 파르르 떨리는데 도저히 집중하지 않고는 못 배길 그런 외모였다.

엄마는 진심으로 의사의 충고를 받아들이기로 작정을 한 듯, 의욕적으로 대책을 의논했다.

의사는 아데노이드 비대로 인해 숙면을 못 취하기 때문에 집중력이 떨어져 학습 장애를 일으킬 수도 있고 키가 안 클 수도 있다고 했다. 게다가 잇몸이 돌출되어 예쁜 얼굴을 망칠 수도 있으니 빠른 시일 내에 수술을 해 줄 것을 권했다. 그러므로 빠른 시일 내에 수술을 하기 위해 지오는 서울로 가야 했고 결국 부산에 남는 아이는 내가 될 수밖에 없었다. 어이없게도…….

난 찍소리도 하지 못했다. 지오 목에 가시가 박힌 것이나 수술을 할 수밖에 없는 상황은 그 어느 누구를 탓할 수 있는 일이 아니었으니까. 간밤에 엄마아빠의 대화를 들으면서 혼자 마음을 졸였던 시간들이 다 쓸데없었다고 생각하니 좀 황당했다. 장롱 뒤의 먼지를 혼자 다 들이마신 기분이랄까? 지오는 장롱 뒤에 뭐가 있는지조차 모른 채 우아하게 일상으로 돌아갔는데.

이 모든 일이 너무 조용하게 마무리된 부분도 억울했다. 외마디 비명조차 질러 보지 못하고 다 털린 기분이었다. 나로 낙점되었을 때 싫다고 울며 떼를 쓰는 발광 정도는 했어야 했는데……. 그 정도의 저항은 통과 의례처럼 했어야 자연스러운 일인데……. 쪼다같이 난 그것조차 못했다.

지오가 목에 걸린 가시 때문에 호들갑을 떨었던 그날 오후, 석양빛이 몸을 외로 꼬아 비껴나기 시작하던 시간에 엄마는 나를 데리고 할머니네 집 뒤뜰로 갔다. 멀리 앞산에는 이미 어둠이 드리워져 무척 위압적이었다. 낮에 보던 산과는 사뭇 달랐다. 그 으스스한 분위기 때문에 한껏 주눅이 들어 있는데 엄마마저 한패인 듯 목소리를 깔았다.

"은오야!"

눈물이 되어 흐르지는 않았지만 뭔가 눅진한 것이 엄마의 눈동자 아래에 고이는 걸 분명히 봤다. 그랬기에 난 대답 대신 눈만 껌뻑거렸다. 무척 어색했다. 온몸이 간지러워지고 갑갑해서 콧구멍이라도 팔까 하고 검지손가락을 올리는데 엄마가 내 손을 끌어다 두 손으로 꼭 쥐었다. 그러고는 첫 대사를 깊숙이 찔러 넣었다. 낮고 은밀한 목소리로.

"은오야, 엄마는 우리 은오를 믿어!"

그건 일종의 포박이었다. 상대의 숨통을 은근히 죄는 포박. 다리라도 까불거리면서 '믿는다니? 뭘? 나를 왜?' 하고 묻고 싶었지만 이미 그럴 분위기가 아니었다. 조용히 엄마의 말을 들어야 하는 타이밍이었던 것이다.

엄마는 조곤조곤 말을 이어 나갔다. 나를 이곳에 두고 갈 수밖에 없는 이유에 대해. 그리고 나한테 믿는 게 많았다. 엄마 배 속에 있는 동생의 건강을 위해 큰누나로서 양보를 해 주리라 믿고, 그래서 착한 어린이답게 할머니 말씀 잘 듣고 잘 지낼 것을 믿고, 그리고 이곳은 서울과 달라서 공부하기도 편할 테니 즐겁게 잘 지낼 수 있을 거라 믿는다며.

엄마의 낮고 부드럽고 달달한 말투가 너무 낯설어 아무 말도 할 수 없었다. 후렴구처럼 반복되며 나오는 '믿는다'라는 말은 부드럽게 몸을 내리누르는 무거운 솜이불이 되어 나를 꼼짝 못하게 했다. 그리고 또 그보다 더 강력한 말은 '네가 지오보다 더 착하잖니?'였다. 엄마는 눈을 찡끗거리며 나와 단둘이서만 공유하는 비밀이라는 듯 은밀하게 지오에 관한 흉을 늘어놓았다.

"기집애가 까탈스럽고 욕심도 많고 성격이 지랄 맞은 데가 있어서 어디다 부려 놓기가 영 편치가 않아! 그런데 우리 은오는 싹싹한 데다 성격도 살갑고 붙임성도 좋고 착해서 엄마가 진짜 미더워! 우리 은오는 지오에 비하면 천사야."

지오보다 더 미덥다는 말이 나를 족쇄처럼 옭아맸다. 간밤의 이야기와는 사뭇 달랐지만 되물을 수도 없었다.

여하튼 엄마가 애써서 내게 날개를 달아 주는데 바닥에 패대기를 칠 수는 없었다. 나는 시늉이라도 해야 했다. 날갯짓을 하며 고개를 끄덕이는 내게 엄마는 뿌듯함으로 어쩔 줄 모르겠다는 표정을 지으며 물었다.

"아 유 오케이(Are you OK)?"

이런 질문의 답은 하나다. 어차피 객관식도 아니고 선택의 여지가 없다는 걸 모르는 내가 아니므로.

"암 오케이(I'm OK)!"

지금에서야 말인데…… 그때 난 '아니다. 그렇지 않다.'라고 했어야 했다. 물론 그렇게 했다고 한들 결과가 달라지진 않았을 거다. 어차피 정해져 있었으니까. 하지만 그럼에도 불구하고 난 그랬어야 했다.

암 오케이

"너 뭐냐구! 진짜 열나 짜증 나게 이게 뭐야! 아아악!"

현관에 선 지오가 날 선 칼끝으로 칠판을 긁어 대는 것 같은 비명을 지르며 발을 동동 구른다. 미색 캔버스 운동화가 더러워졌다고 아까부터 저 난리다. 며칠 전 학교에서 있었던 일 이후로 줄곧 삐쳐 있더니만 급기야 내게 시비를 거는 중이다. 그럼 그렇지, 그냥 넘어갈 리가 없지. 어차피 일정 시간의 발작을 견뎌야 하므로 난 서둘러 이어폰을 귀에 꽂는다.

'크레센도 워어! 목소릴 높여 하이. 날 좀 알아줘, 하이.'

음악을 들으며 지오를 보니 마치 춤을 추는 것 같다. 햇살에 바짝 마른 경쾌한 구름, 그 위로 퐁퐁 튀는 것 같은 청아한 뮤지션의 음색과는 전혀 안 어울리는 춤사위라 아쉽다. 차라리 눈을 감고 내 몸에 음악을 신자 싶어 머리채를 흔드는데 갑자기 등 뒤가 번쩍한다.

"가시나! 네 거 두고 와 남의 걸 건드노! 언능 가 빨아 줘라!"

할머니가 다짜고짜 내 등짝을 팬다. 연타로 하나, 둘, 셋, 넷…… 나도 악을 썼다.

"와! 와 나만 잡나!"

"시끄럽다!"

"안 신었다카이!"

"그라믄 누고? 내가 신었것나?"

맹세코 난 안 신었다. 기본적으로 난 캔버스화를 안 좋아한다. 지나치게 단정해 보여서 별로다. 좋아하지도 않는데 남의 것을 몰래 신을 이유가 없다. 하지만 이쯤에서 관두기로 했다. 승미가 작정을 하고 지오에게 덫을 놓았듯이 지오 역시 나를 상대로 그러는 중인데 거기다 대고 '아니다'를 외쳐 봐야 소용없다. 그리고 더 중요한 건 외할머니는 언제나, 무조건 지오 편이라는 거다. 그러니 어차피 이길 수 없는 게임이다.

"됐다! 그럼 우야면 되는데?"

물론 안다. 외할머니가 심정적으로 지오를 더 좋아해서 편을 드는 것은 아니다. 언젠가 따져 물었더니 외할머니는 내게 눈을 찡끗거리며 말했었다.

"저 가시나, 건드려 봐야 좋을 거 하나 없으니 내 그라지!"

할머니도 이미 지오의 별명을 아신 눈치다. 나 혼자만 머릿속으로 되뇌이는 지오의 별칭, 지랄탄. 내가 붙인 지오의 별명이다. 휴가철 바닷가에서 파는 폭죽인데 불을 붙이면 미친 듯이 발광을 하다가 터진다고 해서 지랄탄이다.

"후딱후딱 해 줘라!"

할머니가 콩 볶듯이 재촉한다. 난 흔쾌히 지오의 운동화를 들고 욕실로 들어간다. 물론 열심히 빨지 않는다. 대충 물에 적신 운동화를 구석에 세워 놓는다. 그리고 거울을 본다. 얼굴 구석구석 미처 빼지 못한 피지 같은 걸 찾아 짠다. 물론 밖에서 들리도록 물은 세차게 틀어 놓은 채다. 되도록 욕실 안에 오래 있어야 내 노동의 시간이 길게 보일 것이고 그래야 비로소 지오의 분이 풀릴 것이기 때문이다.

우리 집에서는 이런 부조리한 일이 자주 벌어진다. 내가 상경해 지오와 살게 된 뒤부터 시작되었는데 이제는 거의 습관처럼 프로그램화되었다. 지오가 발작하듯 신경질을 내면 외할머니는 나를 야단치고 그럼 난 '나 죽었소.' 하고 참는다. 그러면 지오의 신경질이 마무리된다. 일종의 살풀이 의식이라고 보면 된다. 언젠가 외사촌 경배가 이 부조리함에 대해 지적질을 했다.

"야 은오 누나야! 니는 밸도 읎나? 확 받아 버려라! 그럼 다신 안 그럴 끼다. 뭐 할라꼬 번번이 치받치고 사나? 니는 그런 계산도 몬하나?"

물론 나도 밸도 있고 성깔도 있다. 하지만 내가 굳이 확 받아 버리지 않는 데는 나름의 계산이 있다. 머리 나쁜 경배한테 훤히 보이는 계산법이 나한테 안 보일 리 없다.

'앞으로 밑지고 뒤로 남는다.'라는 말이 있다. 나는 지금 지오에게 채무감을 갖게 하고 뒤로 그걸 차곡차곡 쌓고 있는 중이다. 다시 말해 지오는 내게 저런 잔 신경질을 퍼붓는 대신 빚을 지고 있는 것이다. 지오가 내게 빚을 지기 시작한 건 5학년 때부터이니 그 총량은 어마어마하다. 그건 살면서 어떤 식으로든 효력을 발휘할 것이라고 믿는다. 세상에 공짜는 없으니까.

그렇다고 내가 지오를 상대로 무시무시한 복수극을 계획하고 있다거나 악랄하게 채무 변제를 강요할 계획이 있는 건 아니다. 난 단지 지오의 빚을 근거 삼아 자유로울 수 있는 것이다.

'난 그동안 너한테 할 만큼 했어!'

뭐, 이런 식의 안도감이 나를 자유롭게 하는 것이다. 며칠 전 학교에서 있었던 일도 그런 의미로 해석하면 이해가 쉽다. 함정에 빠진 지오를 굳이 내가 손수 건지지 않아도 되는 것이다.

'가시나! 그동안 니가 나한테 우쨌는데?'

이 생각을 하면 진실과 무관하게 난 내가 원하는 대로 선택하고 행동할 수 있어서 편하다. 죄의식을 느낄 필요도 없다. 지오는 내게 진 빚이 있으니까. 물론 나만 아는 계산법이다. 하지만 지오 역시 무조건 자기편을 들지 않았다고 내게 대놓고 따지지 못하는 걸 보면 내 계산법이 지오에게도 약간 먹힌다는 의미다. 물론 지오가 내 의도를 다 알 리 없지만, 아마 걔는 내가 보고도 못 봤다고 앙큼을 떨 만한 아이가 못 된다고 생각할 것이다. 평상시에 자기한테 당하는 걸 보고 '은오, 쟨 원래 저런 애'란 생각으로 내게 큰 불만도 없었을 것이고.

운동화 건으로는 분이 다 안 풀렸나 보다. 지오는 계속 트집을 잡는다. 식탁 위에 책들을 필요 이상으로 펼쳐 놓으면서 자연스럽게 내 미용 팔레트를 밀어낸다. 바닥으로 떨어지며 "쨍캉!" 요란한 소리를 내자 외할머니가 또 진화 작업에 나섰다.

"야야! 거 쫍은 데 달라붙어 있지 말고 은오 니캉 일루 와라! 아 공부하는 데 괜히 번잡스럽게 하지 말고!"

16평짜리 원룸에서 동선이 다른 세 사람이 사는 건 정말 힘든 일이다. 아무리 복층이라 해도 2층은 다락방이라 누워 있을 때 외에는 거의 효용 가치가 없다. 난 내 물건들을 대충 정리해서 위로 올라가 누웠다. 여지없이 할머니가 또 한 소리를 한다.

"가시나야! 벌써 디비져 누우면 잠밖에 더 안 오겠나! 한 자라도 눈 까뒤집고 더 봐야……."

뒤이어 줄줄이 이어지는 잔소리. 구시렁구시렁…… 요즘 들어 할머니의 잔소리는 날로 심해졌다. 딱히 내게 하는 잔소리가 아니더라도 할머니는 눈에 보이는 모든 것을 말로 풀어냈다. 소음 제거 버튼이 있다면 오프(off)로 해 놓고 싶을 정도다.

부르르 핸드폰이 몸을 떨었다. 승미다. 그날 이후 승미는 내게 아주 구체적으로 호의를 베풀었다. 내가 익명의 제보자가 아니란 확증을 가진 뒤부터다. 전에는 지오와 쌍둥이란 이유로 나를 엄청 씹어 댔는데 이제는 아이러니하게도 그래서 내게 호의를 베푼다. 이유 여하를 막론하고 승미는 쌩깔 수도 또 쌩까서도 안 되는 아이다. 지오를 의식해서 일부러 큰 소리로 말했다.

"하이, 승미!"

전화기 너머로 왁자지껄하는 아이들 소리가 들린다.

"은오, 너 미용 한댔지?"

"응? 어!"

하긴 한다. 공부로는 도저히 나아갈 바를 찾을 수 없을 것 같아 궁여지책으로 미용학원을 다니기 시작했다. 그래 봤자 이제 두 달 남짓 되었다.

"할 말 있는데 나올래?"

"지금?"

"어. 여기 사거리 패스트푸드점."

"오, 오케이!"

다소 경쾌한 오케이였으리라. 아니, 경쾌함이 지나쳐 방정맞아 보이는 오케이였을지도 모른다. 이걸로 지오와의 오늘치 계산은 끝낸다. 메롱!

소나기 같은 할머니의 잔소리를 홈빡 뒤집어쓴 채 탈출하듯 집을 나섰다. 탈주자의 밤거리는 상쾌하기 이를 데 없다. 자유의 맛을 입 안 한가득 넣고 잘근잘근 씹어 본다. 누군가의 콜을 받고 약속 장소로 가기 위해 길을 나서는 건 서울에서는 아마 오늘이 처음이 아닐까 싶다. 기분 쩢어지는구나!

승미가 말한 패스트푸드점에 들어서자 승미를 둘러싼 서너 명의 아이들이 일제히 나를 향해 손을 흔든다. 여자애들 중 두 명은 학교에서 몇 번 본 애들인데 학교에서와는 달리 전혀 경계심 없는 눈빛으로 나를 반긴다. 그리고 두 명은 남학생이다. 게다가 그중 한 명은 희귀종에 가까운 간지남이다. 딱히 잘생긴 건 아닌데도 닭 볏처럼 세운 머리 뒤로 범접할 수 없는 킹카의 아우라가 느껴졌다. 묘한 기분이 알싸하게 입 안을 감돈다. 비로소 이곳에서 세상과의 접점을 찾게 될 것 같은 예감이 뇌리를 스친다. 그간 친구 하나 없이 외로운 섬처럼 지냈던 시간들이 책의 앞 장이 되어 넘겨지는 순간이었다.

"우리 팀에 합류할래?"

승미의 말인즉, 이번에 같은 실용음악학원을 다니던 친구들끼리 결성한 밴드가 지역문화협의회가 주최하는 청소년 축제에서 락 공연을 하는데 그 애들의 분장을 맡아 달라는 것이다. 연극도 아니고 음악 공연에 딱히 분장이랄 게 있을 리 만무하건만 승미는 나를 위해 애써 없는 자리를 만들었다.

"완전 콜!"

'시다바리'를 하라고 해도 할 판인데 분장사라니, 헤헤. 나도 모르게 입꼬리가 자꾸만 옆으로 찢어진다. 게다가 락 밴드? 이름만 들어도 황홀할 지경이다. 밴드란 걸 구경이라도 해 보는 게 로망이었는데 나보고 일원이 되라니 거절할 이유가 없다. 소꿉질을 하듯 우리 고삐리들은 이런 식으로 '건수'를 만들어서 서로의 교집합을 만든다. 그러면서 역사를 만들어 가는 것이다. 아마도 지오가 이 사실을 안다면 틀림없이 '찌질이 인증 제대로 하시네!'라며 비웃을 거다.

'그래, 너 잘났어! 홀로 독야청청 잘 살아 봐라.'

혼자서 상상하는 것만으로도 열 받는다.

"위하여!"

가로등이 내뿜는 희미한 조명 아래서 우리는 도원결의를 하듯 건배를 했다. 복숭아 꽃잎이 흩날리지 않아도 개천가 다리 아래

후미진 구석이라 분위기는 그럴싸하다. 에코도 죽이고 저 멀리 하늘에는 구름에 비딱하게 기댄 초승달이 제법 분위기를 잡아 준다. 건전해 보이지 않는 달이라 차라리 어울린다. 보름달이었으면 완전 분위기 깼을 거다. 보름달은 왠지 명절용 같아서 별로다.

"짜장을 위하여."

밴드 이름이 '짜장'이란다. 서로의 재능을 비벼서 영혼을 살찌우는 음악을 한다는 의미라고.

"그럼 난 단무지 하면 되겠네."

내가 음악을 하는 건 아니니 단무지로 곁들이겠다는 이야기를 하니 굳이 간지남이 정정한다.

"무슨 소리야? 이렇게 우리 다 비벼서 짜장이라니까?"

순간 울컥했다. '우리'라는 말이 그렇게 정겨울 수가 없다. 살가운 놈! 다가가 뺨이라도 꼬집어 주고 싶을 정도다.

"접수!"

사실은 머리 숙여 고맙다는 말을 하고 싶었지만 너무 굴욕적인 표현인 것 같아 참았다. 그러고 보니 짜장이란 이름이 완전 예술이다. 나, 너 서로 구분하여 나누지 않고 비벼서 혼연일체가 되어야 제대로 짜장이 되니까. 난 새삼 짜장이란 말이 너무 좋아졌다. 결국 난 오버를 했다.

"난 조선의 짜장이다!"

벤치 위에 올라가 타이타닉 포즈를 하고 큰 소리로 외쳤다. 물론 싱글로. 이게 다 맥주 때문이다. 처음 들이켠 맥주는 생각보다 밍밍하고 씁쓸하기만 했다. 뱉고 싶었지만 동참하는 차원에서 다 들이켰다. 헌데 알코올 기운이 서서히 돌기 시작했다. 배 속 어딘가에서 단단하고 야무진 배포로 뭉쳐지더니 불끈불끈 용기가 솟구쳤다.

"누구든 낼 무시 까기만 하면 확 다 쌔리뻴끼다!"

왜 뜬금없이 이 말이 튀어나오는 거지? 헉! 멈칫하는데 의외로 아이들은 호탕하게 웃어 준다. 아마도 진한 사투리 억양 때문에 내용이 희석되었으리라.

"와, 무시라!"

"쌔리벤다니 조심들 해라."

"짜장의 군기 반장 나섰네."

의도한 바 없이 튀어나온 말이지만 뒷발질에 쥐라도 잡은 격이 되었다. 덕분에 승미를 비롯해 일정 거리 밖에 있던 아이들이 순식간에 가까워졌다. 다들 격의 없이 굴기 시작했다.

"너도 또라이 기질이 있구나?"

승미의 말은 지금 이 순간부터 또라이처럼 굴어도 된다는 지침처럼 여겨졌다. 아니, 역할 분담이라도 지시받은 것 같아 내내 오버했다. 옆에서 농구 시합을 하는 아이들을 향해 괴성도 질러 보고 콧노래도 흥얼거렸다. 그러다가 닭 볏 간지남의 머리채를 살짝 쳐 봤는데 의외로 닭 볏은 친밀감을 표현할 작정인 듯 내 어깨를 밀쳤다. 어쭈구리? 내친 김에 나도 어깨를 치니 이번에는 내 팔을 잡아당기며 말한다. 남학생이니 혹시 찌릿한 전기가 오는 건 아닐까 싶었는데 그런 건 없었다.

"내가 뭐 하나 가르쳐 줄게. 자! 저기 달을 향해 서서 양팔을 벌린 다음 손가락을 쫙 펴 봐! 그리고 눈을 감고 양미간 한가운데에 마치 하나의 점이 있다고 생각하고 거기에 온 기운을 모으는 거야. 돋보기로 불 피울 때 초점을 잡듯이…… 그러고는……."

기시감이 스멀거려서 나도 모르게 뒷말을 이었다.

"그럼…… 손가락 끝에 우주의 온 기운들이 걸려드는 거지? 지오 세이(say)……."

눈이 휘둥그레진 닭 볏이 삿대질까지 해 가며 묻는다.

"어? 너…… 그거…… 어떻게 알아?"

"그러는 넌?"

그때 마침 애들이 불러서 대화는 거기서 잘렸다.

다음 날 닭 볏이 전화를 했다.

"너, 그거 어떻게 아냐니깐?"

"뭐?"

"그거. 지오 세이."

"어떻게라니? 원래 알아."

"……야! 너 이름이 선오랬냐?"

"아니, 서은오야."

"뭐? 서은오? 대박! 아, 맞다! 너 전학왔댔지? 너 지금 어디냐?"

느닷없는 질문을 늘어놓더니 당장 만나자고 한다. 닭 볏은 만나자마자 대뜸 자기 이름을 밝혔다.

"나…… 선집이야. 김선집."

"뭔 집?"

"가시나! 니, 내 모르나? 이기대공원서 같이 놀던 선집이라꼬."

"뻥치시네!"

간지 작렬의 닭 볏이 어릴 적 나와 부산에서 놀던 그 살찐 찌질이라고? 도저히 일치가 안 되는 모습이다. 게다가 이름도 다르다.

"너, 우빈이라며!"

"그건 내 사회생활용 이름이고 본명은 선집이야."

"헐!"

세월은 사람을 여러 모양으로 빚어내는 재주가 있나 보다. 하긴 다시 찬찬히 보니 사이즈가 늘어나서 그렇지 이목구비는 남아 있는 것 같았다.

선집은 내가 부산에 남겨졌던 5학년 여름 방학 끝자락, 그 길고도 어둡기만 하던 터널 같은 시간을 견디게 해 준 아이다. 무음으로 영상만 돌아가던 그 막막하고 먹먹하던 시간에 처음으로 내게 입을 떼게 만든 아이. 그러다 하루아침에 신기루처럼 사라져 버린 바로 그 아이다.

이렇게 다시 만나다니…… 옛 친구를 다시 만난 건 좋았다. 하지만 그게 승미의 심기를 거스르는 일이 될지는 꿈에도 몰랐다. 승미가 선집을 좋아하는 줄 알았더라면 조심했을 텐데…….

*

부산에 남겨진 5학년 여름 방학은 정말 지루했다. 지구를 몇 바퀴 돈 기분이 들 정도로 길게 느껴졌다. 지오와 엄마아빠가 깡그리 사라지고 난 뒤 열흘 동안은 진짜 정전이 된 기분이었다. 아니, 그건 기분이 아니라 사실이었다. 할 일이 아무것도 없었으니까. 외할머니는 갑자기 동네 배드민턴 동호회 회장직을 맡게 되어 눈코 뜰 새 없이 바빠졌고, 나는 눈에 다래끼가 나서 집에 갇혀 있어야만 했다. 할머니가 해 놓은 지겨운 반찬 삼총사, 김과 햄과 계란을 매일 먹으면서 아침이면 나를 잡아먹으러 나타나는 시간을 멀뚱히 바라보기만 했다.

다래끼가 꾸둑꾸둑해졌을 즈음에도 밖에 나가고 싶은 의욕은 생기지 않았다. 난 그곳이 싫었다. 싫증나도록 바다를 볼 수 있다는 점과 온 동네마다 낯선 사람들이 거품처럼 버걱거려 늘 잔칫집 분위기인 건 마음에 들었지만 그 외에는 다 싫었다.

특히 눅진눅진한 바닷바람이 척척 안기는 게 정말 짜증 나게 싫었다. 바람은 사정없이 온몸을 휘감아 여기저기 찝찔한 침을 묻혔다. 척척 안기고 휘감는 건 바람만이 아니었다. 동네 아줌마들도 그랬다. 무대뽀가 완전 많다. 나를 언제 봤다고 "야야!" 하면서 마구잡이로 불러 댄다. 애들도 마찬가지다. 내가 둑에 앉아서 과자를 먹는데 웬 남자애가 다짜고짜 "나 쫌 도!" 하면서 인상을 썼다. '나 좀 줄래?'가 아니라 '왜 안 주는 건데?' 이런 억양이다. 아무튼 이 동네 사람들은 서론 없이 본론으로 쳐들어온다. 그래서 난 선뜻 밖으로 나가고 싶지가 않았다.

할머니 집에는 컴퓨터도 없었다. 물론 전화와 텔레비전은 있었지만 그건 별로 구미가 안 당겼다. 텔레비전은 이상하게 재미가 없었고 전화는 엄마아빠가 매일 걸어서 똑같은 질문만 해 댔다. 지오와는 전화 통화를 안 했다. 우린 늘 같이 지냈기 때문에 전화로 이야기를 해 본 적이 없었다. 그래서 전화기에 대고 말한다는 게 어색했다. 하지만 이건 나만의 생각일 뿐 아마도 지오는 나의 부재를 즐기고 있었을 것이다. 내 책상을 달달 뒤졌을 게 뻔하고, 내가 아끼는 옷이나 신발 등도 제 맘대로 마구 써 댔을 것이다. 나에 대한 아쉬움이 없으니 전화를 걸 이유도 없다.

그냥 기운이 나질 않았다. 엄마와 아빠가 나와 지오를 놓고 저울질하던 날 밤의 기억만 자꾸 떠올랐다. 빈집 툇마루에 앉아 그 생각을 뇌까렸다. 그럴 때마다 가슴 한구석이 아파 왔다. 한편으론 세상 모든 게 시시해졌다. 이것과 저것의 차이가 별 게 아니란 생각. 이것일 필요도 없고 저것일 필요도 없고 모든 게 종이 한 장 차이라는 것.

그러다가 선집을 만났다. 외할머니네는 부산 광안리 해수욕장을 끼고 돌아앉은 나지막한 돌담집인데, 할머니 집 뒤쪽으로 한 5분 정도만 걸어가면 산이라 불리기엔 민망할 만큼 낮은 산이 하나 있었다. 아마도 그 중턱에서였던 걸로 기억한다. 순덕이를 찾으러 나갔다가 한 남자아이를 만났다. 순덕이는 할머니가 이웃집에서 잠시 빌려 온 강아지다.

"야야! 가시나, 니 그거 가발이가?"

선집은 혹시 강아지를 못 봤냐고 묻는 내 말을 완전 무시한 채 대뜸 반말로 지껄였다. 나는 '가시나'란 말이 거슬려 놈을 있는 힘껏 째려보았다. 그런데도 그 애는 전혀 개의치 않고 신들거리며 또 물었다.

"니 머리 그거 우에 붙인 기가?"

그러고는 무례하기 짝이 없게 다짜고짜 허리까지 닿는 내 긴 머리를 잡아당겼다.

"아야야!"

"이 뭐꼬? 진짜가? 언제 일케 길렀노!"

놈은 띵띵한 뱃살을 출렁이며 진심으로 놀랐다. 그제야 난 모든 게 이해가 되었다. 놈은 단발머리 지오를 본 것이다. 그 애의 놀라는 표정을 보니 난 순간적으로 놈을 골탕 먹여야겠다는 생각이 들었다.

쌍둥이라고 하면 사람들은 으레 말한다.

'재밌겠다.'

그러고는 꼭 묻는다. 둘이 바꿔서 학교에 가 봤냐는 둥, 사람들을 속여 보지 그랬냐는 둥. 묻는 사람은 처음이지만 듣는 우리로선 지루하기 짝이 없는 진부한 질문이다.

실제로 우린 그런 일을 해 본 적이 없다. 보는 사람들에게 우리는 닮은꼴이겠지만 우리는 서로가 너무도 다르기 때문에 상대를 흉내 내는 일은 도저히 할 수가 없다. 다시 말해 우리의 닮은꼴 외모는 보는 이들에게나 의미가 있는 일이지, 당사자인 우리에게는 별 의미가 없다는 것이다.

하지만 당분간 이곳에는 나만 있을 터이니 거짓말로 놈을 놀려 먹을 수 있겠다 싶었다. 순간적으로 내 머릿속에 그럴싸한 시나리오가 그려졌다. 난 눈을 동그랗게 뜨고 일부러 말까지 더듬어 가며 그 애에게 물었다.

"너…… 혹시…… 설마 걔를…… 본 거야? 언제?"

"이기 뭔 소리고?"

"나랑 똑같이 생긴, 머리 짧은 애를 본 거지?"

"저번에 저 둑 건너서 내캉 자전거를 탔다 아이가?"

몇 달 전 할머니 생신 때 지오가 엄마와 단둘이서 이곳에 온 적이 있었다.

"정말? 봄에?"

난 엄청나게 심각한 표정을 짓다가 손바닥으로 얼굴을 가리고 우는 시늉을 했다. 나의 심각한 품새를 본 녀석은 갑자기 버벅거리기 시작한다.

"맞다! 근데 와? 몬데?"

"걘…… 내 쌍둥이 동생이야. 그런데……."

말을 잘라 먹고 이번에는 휙 등을 돌린다. 눈에 힘을 줬다. 눈물을 만들어야 하니까.

"근데 뭐? 와?"

나는 성공적으로 눈물이 고인 눈을 과장되게 깜빡대며 말한다.

"걘 일 년 전에 죽었어. 저기 바다에서 수영하다가……."

놈은 식겁해 뒷걸음쳤다.

"아이다! 아이다! 그라믄 내캉 자전거 탄 아는 누꼬!"

그 대목에서 그 애가 겁먹은 채로 돌아서서 줄행랑을 쳤다면 거기까지만 하고 끝냈을 것이다. 헌데 그 애는 그러지 않았다. 정말 질기게 나를 물고 늘어졌다. 그래서 난 이야기를 더 지어내기 시작했고 심지어 그 애까지 말을 보태는 바람에 우리는 우리만의 거짓말 성을 쌓기 시작했다.

'전에 네가 본 머리 짧은 애는 내 쌍둥이 동생 지오다. 일 년 전에 부산에 왔다가 해수욕장에서 빠져 죽었고 그 이후론 내가 부산에만 오면 귀신이 되어 나타난다. 아마도 이 근처를 떠나지 못하고 어슬렁거리는 것 같다. 뭐, 원한이 있어서라든가 그러는 것 같지는 않고 비명횡사한 사람들이 이승을 떠나지 못하는 그런 거 같은데…… 암튼 가끔씩 나타나 내게 이런저런 훈수를 한다. 그런데 어떻게 너한테도 나타난 건지 놀랍다…….'

뺑치지 말라며 펄쩍 뛸 줄 알았는데 의외로 놈은 자기도 영화에서 그런 걸 본 적이 있다면서 나를 부추겼다. 내 거짓말에 한 치의 의심도 품지 않았고 더러는 자기가 앞서기도 했다. 순진한 건지 멍청한 건지…… 침까지 사방에 튀기며 말한다. 드런 놈!

"아인 게 아이라, 그 가시나 다리가 억척시럽게 빠르다 했다! 자전거를 타는데 이래이래…… 어찌나 빠른지 내 따라가는데 똥줄이 빠졌다카이!"

지오는 자전거를 잘 탄다. 공부도 잘하는데 운동도 잘한다. 애석하게도 난 그 반대다. 여하튼 그 애가 지오와 이야기를 나누지는 않았을 것이다. 깍쟁이 지오가 덥석 말을 나눴을 리가 없다. 그냥 또래 애가 자전거를 타니까 경쟁심이 생겨서 앞서거니 뒤서거니 하면서 둘이 잠깐 놀았을 것이다.

그런데 어차피 귀신이라고 생각해서인지 그 애는 이야기를 마냥 부풀렸다.

"그 가시나, 얼라만치로 내를 어찌나 졸라 대는지…… 내캉 담에 보면 내 보물을 하나 준다캤는데…… 아! 아까비!"

어? 지오가 그랬을 리가 없는데…… 하지만 난 맞장구를 쳤다.

"내 동생이 좀 떼쟁이야."

묘한 쾌감이 들었다. 푸딩같이 미끄덩한 거짓말을 한 숟가락 듬뿍 푸니 기분이 째졌다. 솔직히 지오가 나한테 떼를 쓴 적은 별로 없다. 그럴 필요가 없었으니까. 지오가 떼쓰기 전에 늘 내가 먼저 양보를 했다. 하지만 만약 내가 양보를 안 했다면 분명 지오는 떼를 썼을 것이다. 그러므로 엄밀히 내 말은 거짓말이 아니다.

"니 함 볼래?"

"뭘?"

"니 동상이 달라꼬 낼 쫄라 대던 그거 말이다."

지오는 그런 유치한 짓은 절대 안 한다. 거푸하는 그 애의 거짓말은 천연덕스럽기가 나와 막상막하라 나는 할 수 없이 한술 더

뜨기로 했다. 질 수 없지!

"어! 저기! 지오…… 방금 지오가 왔어."

내 손가락질을 따라 그 애는 고개를 돌리고 손을 흔든다. 그 행동이 어찌나 진지하던지 순간 난 움찔했다. 얘, 뭐야? 내 말을 정말 믿는 거야? 아님 믿는 척을 잘하는 거야?

"근데 와 나한텐 안 비는 기고?"

"원래 그래. 동시에 두 명한테 보이는 귀신은 없어."

"아! 그런 기가?"

고개까지 크게 끄덕인다. 멍청한 놈.

그 애가 들고 나온 건 온갖 잡동사니가 들어 있는 상자였다. 하지만 잡동사니라고 치부할 수만은 절대 없는 것들이었다. 나름 테마가 있었는데 소리 나는 온갖 것들의 모임이라고나 할까? 조악한 양철 모빌서부터 문방구 뽑기에서 나온 것 같은 구슬 박스 그리고 대체 어디서 긁어모은 건지 진심으로 궁금해질 정도로 많은 '시체 오르골'이 있었다. 굳이 시체 오르골이라고 표현해야 하는 데에는 이유가 있다. 왜냐하면 그것들은 대개 껍데기는 없고 뼈대만 앙상하게 남아 있었기 때문이다.

녀석은 진지하게 그것들의 태엽을 감기 시작했다. 그러자 하나씩 하나씩 돌림 노래처럼 각자의 소리를 내기 시작한다. 앙상한 뼈다귀들이 내는 소리라기에는 너무 아름다웠다. 그것들의 합창에 나는 가슴이 먹먹해지기 시작했다. 앙상하고 가냘픈 소리들이 내 가슴에 켜켜이 쌓인 무언가를 긁어 댔다. 발끝이 닿지 않는 어딘가로 끌려드는 듯한 몽롱함이 그리움으로 변질되면서 하마터면 울음이 터질 뻔했다. 그때 그 애가 갑자기 내게 종이로 싼 뭔가를 건넸다.

"자! 이거 니 동상 해라 케라! 우에 줄진 내도 모르지만……."

유일하게 해골이 아닌 온전한 오르골이었다. 스케이트를 타는 파란 드레스의 소녀가 은반 위를 빙글빙글 도는 오르골인데 누가 봤어도 탐낼 만한 것이었다.

"갸가 인자 곧 피겨 스케이팅 선수가 될 거라꼬…… 그래싸튼데……. 그게 갸 꿈이라카데?"

어? 지오가 스케이트를 탄다는 것까지 아는 걸 보면 완전 뻥은 아닌가 보다. 하지만 정말 의외였다. 작년부터 피겨 스케이팅을 배우긴 했지만 선수가 되는 게 지오의 꿈이라는 소리는 금시초문인데?

그 애가 그 오르골을 어찌나 완강하게 내 손에 쥐어 주던지 얼레벌레 들고 집으로 가지고 와 책상 위에 놓았다. 한데 이상하게 그 파란 드레스의 소녀를 볼 때마다 왠지 마음 한구석이 무거워졌다.

그랬는데 며칠 뒤 그 이유를 알게 되었다. 재미 삼아 지오에게 선집이 이야기도 할 겸해서 집으로 몇 번씩 전화를 걸었는데 아무도 안 받았다. 할 수 없이 엄마가 다니는 보험 회사로 걸었다. 웬 아줌마가 기다리라더니 자기들끼리 이야기를 나눴다.

"김정임 씨, 요새 안 나와요?"

"김 주임? 관뒀잖아. 딸내미 피겨 스케이팅 선수 만든다고 뒷바라지 땜에 진즉에 관뒀는데? 새벽부터 아이스 링크 따라댕기느라 정신없다대?"

머릿속에서 '윙' 하고 기계 돌아가는 소리가 들렸다.

'엄마 배 속에 있다던 내 동생은?'

'그렇담 내가 여기 남은 건 원래 계획된 일이었을까?'

이런저런 생각들이 머릿속을 가로질렀지만 기계음 때문에 더 이상 깊게 생각하지 못했다. 전후좌우 사건들을 뒤적거리면서 생각을 더 찬찬히 했어야 하는데 왠지 무서운 생각이 들어서 난 아무 짓도 못했다. 대책 안 서는 성적표를 받았을 때 얼른 가방 속에 처넣어 버리는 그런 심정이랄까?

다음 날, 나는 파란 드레스의 오르골 소녀를 할머니네 뒷담 아래에 깊이 파묻었다. 그땐 내가 할 수 있는 일이 그것밖에 없었다. 그리고 때때로 목울대를 빼근하게 조여 오면서 울음이 번지려고 할 때면 나지막이 외었다.

"암 오케이! 암 오케이라카이!"

엉킨 매듭을 푸는 방법

"자 여러분! 대박 대박 대박 사건이에요. 일단 박수!"

종례 시간에 담임 샘이 느닷없이 지오를 일으켜 세우더니만 아이들에게 박수를 치라고 선동을 하신다. 수행 평가 과제로 냈던 지오의 리포트가 경기도교육청에서 실시한 청소년 공모전에 입상을 했단다.

박수를 치는 애들은 거의 없다. 대신 다들 '헐!' 하는 표정이다. 그놈의 리포트로 인해 벌어진 일련의 사건들 때문에 모두 시큰둥했다. 전후 사정을 모를 리 없는 담임이건만 눈치껏 넘어가지 않았다. 담임은 기어코 아이들로 하여금 박수를 치게 만들기 위해 전의를 불살랐다.

"자자! 다시!"

그럼에도 불구하고 아이들이 요지부동이자 담임은 자신의 권위에 대한 도전으로 받아들이고 화를 내기 시작했다. 얼굴이 벌게진 채 콧김을 몇 번 뿜어내더니 급기야 이기주의가 만연한 요즘 학생들의 세태에 대해 격분한다는 요지의 설교를 퍼붓고는 나가 버렸다. 덕분에 적의의 화살은 담임 샘의 것까지 보태져 지오에게로 향한다.

"또 나온다."

"재수탱이가 입사정으로 가 보시겠다고 개드립을 치셨구만!"

"아 놔! 이기주의의 화신이 누군데 왜 우리한테 난리야?"

하지만 정작 지오는 이어폰을 끼고 고개를 숙인 채 영어 단어 외우는 데 열중하고 있다. 그 모습에 열 받은 시연이 참다못해 지오 옆을 지나가는 척하면서 이어폰 줄을 세게 잡아당겼다.

"야!"

"이런! 내가 건드렸나?"

지오는 신들거리는 시연을 한번 째려보더니 다시 이어폰을 낀다. 하지만 시연 덕분에 이어폰은 접촉 불량이 되었나 보다. 한껏 짜증 난 표정의 지오는 벌떡 일어나더니 다짜고짜 시연의 교복 넥타이를 잡아떼어서는 창밖으로 내던지고 나간다. 하여간 지오는 강적인 계집애다. 정말 순식간인 데다가 황망 중에 일어난 일이라 다들 멍해서 밖을 내다보니 시연의 자줏빛 넥타이가 플라타너스

이파리 사이에 꽃처럼 매달려 있다.

"자! 꺼내 와!"

시연이 대뜸 내게 총채를 건넨다. 순간 어이가 없었다. 시연이가 나와 지오 그리고 승미까지 얽힌 셋의 미묘한 알력 관계를 모를 리 없다. 그리고 이제 난 어엿한 짜장 멤버라는 사실까지도 알 텐데. 그런데 내게 왜 이런 식의 도전을 하는 건지 이해가 안 간다. 둘러보니 승미는 없다.

"내가 왜?"

"네가 지오, 재랑 같은 편이니까."

"편? 무슨 같은 편?"

"네가 그날 지오 망봐 줬담시? 리포트 뽀릴 때 말이야. 기집애 아닌 척하더니만……."

하마터면 '야! 그거 네가 했잖아!' 하고 진실을 밝힐 뻔했다.

"뭐? 누가 그딴 소릴 해?"

"승미가 그러던데? 너, 겉 다르고 속 다른 애라고."

그럼 그렇지! 시연이가 승미의 의중이 섞이지 않은 행동을 할 리 없다. 하지만 그렇다고 시연이 시키는 대로 냉큼 할 수는 없다. 여차하면 서열이 시연의 뒤로 밀릴 수 있으니까. 단호한 거절의 뜻으로 총채를 한 바퀴 돌려 시연의 손에 쥐어 줬다. 마치 무술의 한 장면처럼.

"됐거덩!"

개폼은 잡았지만 사실 좀 불안했다. 아니나 다를까 하굣길에 승미가 일방적인 통보를 한다. 같이 하기로 했던 공연 분장일은 없던 일로 하잔다.

"왜?"

"뭐…… 톡 까놓고 말해서 분장이 필요한 건 아니니까……."

"야! 장난하니?"

나도 모르게 벌컥 화를 냈다. 내가 바보가 아닌 다음에야 그 정도 눈치는 있다. 애초부터 분장은 허울 좋은 명목이었다. 그러니 새삼스럽게 나를 뺄 이유가 없다. 승미는 지금 내게 실력 행사를 하고 있는 거다. 일종의 담금질이라고나 할까? 고로 여기서 대들면 그냥 아웃이다. 난 얼른 방금 뱉은 말을 거두어들이고 비굴 모드로 바꾼다.

"아니, 승미야. 나한테 뭔가 오해한 거 같아. 아까 시연이 말이, 내가 그날 지오 망을 봤다고 그랬다며?"

"시연이가 한 말을 내가 어떻게 알아? 너, 지오 망봐 줬니?"

"아니!"

"아니면 된 거지, 뭘 따져?"

"시연이가 나보고 지오랑 같은 편이니 뭐니 하기에……."

"편? 우리 반에 무슨 편이 있어? 완전 어이없다."

"아니…… 그게 아니라……."

"근데…… 넌 지오랑 쌍둥이면서 같은 편이 아니라니…… 그럼 니네 서로 적이야?"

어떻게 이야기를 해도 트집이 잡히게 되어 있다. 승미는 고문 기술자처럼 나를 물속에 넣었다 뺐다 하는 식으로 단련시키는 중이다. 아니, 어쩌면 이대로 조용히 매장을 시키려는 건지도 모른다. 갑자기 난 조급해졌다. 절대로 매장당할 수는 없다. 어떤 이유로든 짜장을 포기할 수는 없다. 그곳은 내게 새로운 세계다. 짜장은 스터디 밴드의 느낌으로, 여러 장르를 다양하게 섭렵하기 때문에 음악을 즐길 수 있다는 점에서 내게 천국 같은 곳이다.

대체 원인이 뭘까? 난 재빨리 머릿속을 뒤적였다. 탄천변의 첫 모임 이후로 일주일에 두 번씩 모였다. 물론 내가 하는 일이라야 아이들 간식거리를 사다 주거나 악보를 복사해 오거나 옆에서 리듬을 맞추는 등 분위기 상승에 보탬이 되는 추임새를 넣는 정도였다.

그렇다고 내 존재감이 없었던 건 아니다. 드럼을 맡은 승미나 일렉트릭 기타를 치는 선집 그리고 보컬을 맡은 기준, 건반의 희주 외에 매니저 역할을 하는 재현이나 미원이도 할 일이 없기는 매한가지인데 그래도 걔들보다는 내가 음 이탈을 잡는 데 탁월했다. 참고로 난 기타를 좀 친다. 독학으로 배운 것치고 대단하다는 말도 몇 번 들었다. 음악인으로서 맹물은 아니란 소리다. 그래서 연습 전 장비 세팅하는 일부터 일렉 기타 튜닝까지 잽싸게 잘해 낸다. 게다가 분위기 고조를 위해 설레발을 치는 일에도 내가 더 적격이다. 다만 마음에 걸리는 게 있다면 선집이 나와의 어릴 적 친분을 내세우며 지나치게 친한 척하는 것이다. 하지만 그건 전체적으로 분위기를 띄우기 위한 것이지, 선집이 나에게 특별한 감정을 가져서는 절대 아니다.

놈은 매정한 데가 있다. 농담을 칠 때는 한없이 사람한테 엉기는 것처럼 보이다가도 매정할 땐 살벌하기가 이를 데 없다. 특히 연습할 때면 맺고 끊는 데가 워낙 분명해서 그럴 때마다 꼬리를 끊고 도망가는 도마뱀이 연상될 정도다. 아마도 내 추측으로는 승미가 선집의 그런 성깔을 좋아하는 게 아닌가 싶다. 승미의 카리스마를 능가하는 것이니까.

"근데…… 너 혹시 선집이 땜에 그런 거야?"

위험 부담이 있는 말이란 걸 모르지 않았지만 승부수를 한번 둬 봤다. 어차피 지금 승미가 내게 대꾸할 수 있는 말은 이것밖에 없을 테니까.

"뭐?"

역시! 내 말에 승미의 눈빛은 심하게 흔들린다. 하지만 흔들리는 눈빛과는 무관한 말을 뱉어 냈다. 역시 말이란 마음을 담는 투명한 그릇은 못 된다.

"헐! 개유치찬란하기는!"

그걸로 승미와의 대화는 끝이 났다. 더 이야기를 이을 끈이 없었다. 승미 역시 꼬리를 자르는 데는 일가견이 있는 아이니까.

주말에 나는 미친 척하고 연습 장소로 나갔다. 혹시 승미의 마음이 변했을지도 모르니까. 또 다른 애들이 내 편을 들어주지는 않을까 하는 마음도 있었다. 선집을 비롯해 나머지 애들은 비교적 내게 호의적이었으니까. 하지만 시간이 바뀐 건지 연습실은 텅 비어 있었다. 선집의 금색 바디 스트라토케스터 일렉 기타가 편하게 의자 위에 놓인 걸로 봐서는 잠시 외출을 한 것 같았다. 전화를 해봤지만 누구 하나 받지 않았다. 기타 스트랩을 어깨에 걸고 피크로 잠시 기타를 튕겨 보다가 나왔다. 늦은 밤, 집에서 괴로워하고 있는데 전화가 왔다. 놀랍게도 승미의 목소리는 아주 밝고 맑고 명랑하기 이를 데 없었다.

"은오야, 잠깐만!"

어? 이게 뭔 조홧속인가 싶었는데 곧 깨달았다. 선집이 승미의 전화통 속에서 떠들어 대기 시작한다.

"야! 너 관둔댔다며! 치사 빤스다. 혼자 나가떨어지는 법이 어딨냐? 학원 시간이랑 겹치지 않게 조정 못 하냐?"

어떤 상황인지 머릿속이 환해지도록 이해가 갔다. 뒤이어 옆에서 떠들어 대는 나머지 아이들의 투정 어린 비난이 가슴에 와서

팍팍 꽂힌다. '치사하다.', '배신 때리기냐!', '째리삐겠다.' 등등. 특히 보컬인 기준이가 어찌나 하이톤으로 괴성을 질러 대던지 그게 너무도 정겹게 느껴져 울컥했다.

전화가 끊기고 창가에 적요하게 걸린 달을 보고 있자니 가슴이 저미도록 아파 온다. 난 이불을 뒤집어쓴 채 소리 없이 울었다. 승미의 음모에 새삼 분노를 느낀다거나, 혹은 아이들과 같이 있고 싶다는 절절함 때문이라든가, 구체적으로 어떤 감정이 떠올라서 맺힌 울음은 아니었다. 마치 내가 태어나기 전부터 내 안에 단단히 맺혀 있었던 슬픔이 졸지에 풀어헤쳐지면서 터져 나오는 것 같았다. 오래 묵은 만큼 농밀함이 짙어서인지 울음은 쉽게 멈추지 않았다.

대책 없이 부풀어 오르는 거품처럼 울음은 삼켜지지도 않았다. 또다시 혼자가 되었다는 아픔이 징 소리처럼 가슴속에 여운이 되어 오래 남는다. 혼자가 되어 본 사람은 알 것이다. 그게 얼마나 무섭고 고독한 일인지…….

불현듯 내게는 유배지와도 같았던 부산에서의 일이 떠오른다.

*

엄마 없이 사는 것에 굳이 장점을 찾는다면 자유로움이다. 일일이 행동에 간섭받지 않아도 된다. 고로 혼자가 된다는 건 엄청난 영토의 주인이 되는 것과 같다. 그 안에서 내 마음대로 살 수 있으니까.

선집이 준 파란 드레스의 오르골 아가씨를 땅에 묻고 난 뒤 난 새로운 생활에 전념할 수 있었다. 선집을 상대로 '귀신 지오'를 이용해 이런저런 놀이를 했다.

"오늘은 지오가 나가고 싶지 않다네!"

"그래? 그라문 그카지, 뭐!"

내 말이 끝나자마자 선집은 자전거 브레이크를 채운다. 이기대 공원 해안길까지 가기로 해서 일부러 자전거를 끌고 나왔는데도 언제 그랬냐는 듯이 포기한다. 마치 지오를 숭배하는 꼬붕 같은 자세다. 선집은 내 입을 통한 지오의 의견에 늘 절대 복종한다. 선집은 결코 지능이 떨어지거나 멍청한 애가 아님에도 불구하고 지오의 이름을 대고 하는 말에는 저능아처럼 굴었다.

물론 나 역시 그렇게 억지스러운 행동을 강요하지 않았다. 하지만 '말 타면 종을 두고 싶다.'는 옛말처럼 가끔씩은 좀 속 보이는 거짓말을 하기도 했다. "지오가 아이스크림이 먹고 싶다네!" 같은.

하지만 그런 몇몇의 경우를 빼고 대개 귀신 지오는 내 상상 체험의 전령 역할을 했다. 난 지오의 이름을 빌려 상상 속에서나 가능한 일들을 진짜인 것처럼 이야기했다. 파도의 포말들은 그냥 꺼지고 마는 거품이 아니라 새벽이면 하얀 유리구슬이 되어 바닷길에 쌓이는데 그걸 밤마다 하늘에서 걷어 간다는 둥, 동백섬 공원의 뒷마당에서 밤마다 죽은 사람들이 모여서 음악회를 하는데 그때 동백꽃이 조명처럼 밤새 불을 밝혀서 그 모습이 진짜 장관이라는 둥, 노을빛이 산불처럼 번지는 시간에 달을 보고 마주서서 팔을 벌리고 서 있으면 우주의 온갖 기운들이 손가락 끝에 걸려든다는 둥. 이 외에도 '지오 세이'로 시작하는 이야기들은 숱하게 많았다.

늘 내 이야기를 꿈꾸듯 가만히 듣고 있던 그 애는 가끔씩 뭉클한 표정을 지어 보이기도 했다. 언젠가 한 번은 돌아가신 자기 엄마를 찾아봐 줄 수 있냐고 진지하게 부탁했다. 그때만큼은 도저히 '지오 세이'를 할 수가 없었다. 그 애의 표정이 너무나 절박해서 차마 거짓말을 할 수 없었다. 그리고 '엄마'에 관해서는 뻥을 치면 안 될 것 같았다. 이상하게 엄마라는 말이 주는 무게가 무겁게 느껴졌기 때문이다.

처음에는 그 애를 골려 먹기 위해 시작한 거짓말이었지만 그 거짓말들은 오히려 나에게 위안을 주었다. 나를 두고 간 식구들을 까맣게 잊을 수 있는 '망각제'였고 한편으로는 식구들로부터 거세되어진 나의 존재감을 다른 식으로 확인할 수 있는 기회이기도 했다.

난 학교에서 돌아오면 가방을 팽개치고 발바닥이 새까매지도록 선집과 쏘다니곤 했다. 특히 마음이 텅 빈 동굴 속처럼 휑하게 느껴지는 해질녘이면 늘 바닷가에 서서 일명 '영혼 세수'라고 이름 붙인 숨 고르기를 했다. 물론 그것 역시 '지오 세이'로 시작한 일이라 내 상상이 빚은 의식이지만 실제로 마음이 정말 평화로워졌다.

"눈을 감고 숨을 들이쉬는 거야. 창문을 열면 신선한 바람이 집 안으로 들어오듯이 말이야. 들숨은 우리 안으로 들어와서 이것저것 엉키고 맺힌 것을 휘휘 저어서 외로움이라든가 슬픔 그런 것들을 낱낱이 가는 실처럼 풀어낸대! 물풀을 바르고 부채로 붙이면 실처럼 되는 거 본 적 있어? 그딴 거랑 비슷한 거지. 그때 우리가 '휴!' 하고 날숨을 쉬면 걔들은 밖으로 나가 바람이 되는 거야. 그래서 바람들은 정말 많은 이야기를 한대. 우리 귀엔 안 들리지만 사람들 안에서 나온 그 엄청난 이야기들을 바람이 이야기한다고 생각해 봐! 대단하지? 그래서 어떤 바람은 부드럽고 어떤 바람은 매섭기도 한 거지. 이렇게 들숨과 날숨으로 숨 고르기를 하면서 우리 영혼이 깨끗해지는 거야."

아마 내가 그냥 이야기했으면 선집은 '가시나, 뺑까시네!' 하며 비웃었을 거다. 하지만 '지오 세이'로 시작한 말에는 진지했다. 그런 의미에서 '지오 세이'는 정당성을 부여하는 의식이었다. 어쩜 그걸 빌미로 우리는 어떻게든 외로움을 털어내고 싶었던 것인지도 모른다. 한 번도 확인해 본 바는 없지만 어쩌면 선집이도 내 거짓말을 다 알면서 일부러 쌩까는 걸지도 모른다. 한 번은 그 애와 터놓고 이야기해야겠다고 기회를 노렸지만 그런 기회는 오지 않았다. 어느 날 그놈이 연기처럼 사라져 버렸기 때문이다.

그날 내가 기절만 안 했더라도 선집과 작별 인사 정도는 할 수 있었을 거다. 사건이 일어난 곳은 들깨밭이었다. 사정없이 튀는 탱탱볼을 찾으러 들깨밭으로 들어갔는데 그곳에는 허리가 기역자로 꺾인 할머니가 있었다. 할머니는 뭔가를 사정없이 뽑아내고 있었는데 선집 말로는 들깨 모종이란다. 할머니가 여린 들깨모들의 머리채를 어찌나 우악스럽게 뽑아내시던지 그 모습이 정말 기괴했다. 동화 『헨젤과 그레텔』에 나오는 마귀 할머니처럼. 그래서인지 내 귀에는 어린 모종들의 비명 소리가 들리는 듯했다.

"저 할머니 뭐 해?"

겁에 질린 내가 뒷걸음치며 묻자 선집이 말했다.

"솎아 내는 거 아이가!"

"그게 뭐야?"

"저래…… 촘촘히 있는 모를 군데군데 뽑아서 성글게 하는 기다."

처음 듣는 말이었다. 나머지 것들이 잘 자라게 하기 위해 멀쩡히 잘 자란 어린 들깨모를 뽑아낸단다. 뽑히지 않은 채 짱짱하게 살아남은 들깨모를 보는데 순간 지오의 얼굴이 떠올랐다. 황망함에 고개를 돌렸는데 바닥에는 할머니가 솎아 내어 어느새 초주검 된 들깨모들이 널브러져 있었다. 그걸 보는 순간, 형광등 전구가 나갈 때처럼 갑자기 스파크가 이는 느낌이 들더니만 기절을 했다.

눈을 떴을 땐 왕왕거리는 우리 할머니의 목소리가 귀를 때리고 있었다. 서울의 엄마와 통화를 하시는 것 같았다. 하지만 난 어둑신한 방의 음습한 기운이 싫어 눈을 다시 감았다. 하지만 눈을 감으면 버려진 들깨모들의 잔해가 비릿한 기억처럼 자꾸 떠올라 다시 눈을 떠야 했다.

"니 깼나! 야야, 그노마가 니 때맀나? 맞제?"

아무리 아니라고 해도 소용없었다. 할머니는 확신에 찬 목소리로 엄마에게 닥치는 대로 이런저런 이야기를 꾼지르기 시작했다. 그즈음 할머니는 나 못지않게 밖으로 쏘다니시느라 바빴다. 끼니도 못 챙겨 줄 적이 많을 정도로. 아마 그래서 할머니는 더 선집이한테 덤터기를 씌우려 하셨던 것 같다.

"웬 시러베 아들노마하고 주구장창 싸댕기드마 이래 안 됐나!"

다시는 선집과 놀지 말라는 할머니의 명령 때문에 집에 갇혀 있어야 했다. 그리고 며칠 뒤 그 애 집에 갔을 때 선집은 이미 떠나고 없었다. 동네 아줌마 말로는 선집이 아빠가 갑자기 딴 데로 발령이 났단다.

그 애가 연기처럼 사라져서였을까? 아니면 들깨모 때문이었을까? 무엇 때문인지는 모르지만 그 뒤로 난 한동안 건전지가 닳아 버린 장난감처럼 맥을 못 췄다. 혼자가 되어 무섭고 아픈 시간을 견뎌야 했다. 바닷가에 서서 숨 고르기도 해 봤지만 그것도 소용없었다. 내가 마신 들숨은 동굴 속에 들어온 음험한 바람처럼 내 가슴을 쓸어내렸다. 그러고는 미처 날숨이 되기도 전에 어딘가로 흩어져 버렸다.

언젠가 골목길에서 경운기에 시동을 거는 아저씨를 본 적이 있었다. 아저씨가 줄을 당기고 손잡이를 돌리자 경운기는 탈탈탈! 몸을 떨기 시작했다. 그 모습을 보며 '내 줄은 어디 있는 걸까?' 하고 골똘히 생각해 본 기억이 어렴풋이 난다. 혼자가 된다는 건 그 줄을 잃어버리는 것이다.

그리고 그 뒤로 언제부터 내가 기운을 차리고 다시 쏘다니기 시작했는지 그 시작은 기억에 남지 않았다. 다만 솎이지 않고 살아남은 질깃한 질감의 푸릇푸릇한 깻잎이 성성하게 자라나는 걸 보면서 오기가 생겼던 기억은 있다.

'단디 봐라. 내도 살아 뻔질 끼다!'

*

이대로 끝낼 수 없단 생각이 들었다. 엉킨 매듭을 푸는 방법은 실마리를 찾는 것이다. 그래서 곰곰이 생각한 끝에 이 일의 실마리로 낙점이 된 선집을 찾아갔다.

"그래서?"

완전 김이 빠진다. '내가 관두게 된 건 자의가 아니다. 승미의 따돌림 때문이다.'라며 그 과정을 촘촘히 다 고했건만 놈은 이런 식의 대사를 쳤다. 주먹을 불끈 쥐고 망토를 휘날리며 날아가는 정의의 사도를 기대한 건 아니지만 그래도 "그래서?"는 너무 심한 멘트다. "그랬구나!" 정도로 내 말에 약간의 감정 이입만 해 줬더라면 그다음 이야기가 더 쉬울 텐데……. 내가 말을 더 잇지 못하자 이번에는 놈이 내친 김에 한술 더 뜬다.

"근데…… 그게 나 때문인 게 맞아?"

어떻게든 자기는 발을 빼고 싶다는 이야기다. 난감할 따름이다. 어릴 적 나와의 친분은 얘한테 별 의미가 없나 보다. 이 대목에서 '지오 세이'라도 다시 읊고 싶어진다. 그 말 하나면 맥없이 복종하던 그 시절이 그리워진다. 하지만 지금은 그 시절이 아니다. 그렇다고 설득력을 높이기 위해 학교에서 있었던 '음모'에 관한 이야기를 털 수는 없다. 그러기 위해서는 너무 많은 배경 설명이 필요하다. 게다가 그 이야기에는 나의 비리도 들어 있다. 그리고 선집에게는 금기 사항인 지오도 있다. 그러니 입을 다물 수밖에.

"그게 아니라면 그럴 일이 없잖아!"

"너랑 나랑 뭔 사인데?"

"그러니까! 암것도 아닌데 괜히……."

"몰랐네…… 승미 걔가 날 좋아한다구? 이놈의 인기는……."

우 씨! 이거 괜히 실수하는 거 아냐? 얘가 승미한테 발설하는 날엔? 걱정이 되었지만 그간 얼핏 주워들은 이야기로는 승미와 선집도 안 지 그리 오래된 사이는 아니라니 크게 위험할 것 같진 않다.

"근데 네가 원하는 게 뭔데?"

정말이지 놈은 주먹이라도 내지르고 싶게 말한다. 하지만 난 참는다. 협상하는 데 감정을 앞세우는 건 미련한 짓이다. 하지만 말이 더 길어지지 않도록 억양에만 살짝 감정을 실었다.

"뭐냐니?"

"그러니까 네가 원하는 게 다시 팀에 합류하고 싶은 거야? 아니면 걔한테 분한 걸 따지고 싶은 거야?"

당근 전자지만 전자라고 말하기에는 솔직히 뻘쭘하다. 어차피 밴드에서의 분장이라는 게 허울 좋은 명분이라는 건 누구나 아는 사실이다. '근데 넌 왜 밴드에 합류하고 싶은 건데?' 하고 묻지 않는 것만으로도 고마워해야 할 정도다. 내가 머뭇거리자 놈이 최소한의 친절을 베풀 작정인지 말을 덧댄다.

"후자라면 내가 할 일은 없고, 합류가 목적이라면 방법을 함 찾아보자."

이래저래 없는 명분에 쪽팔릴 바에야 차라리 솔직하기로 한다.

"실은 내가 전학온 지 얼마 안 돼서…… 그라서 일케라도 친구를 사귀고 싶었거덩…… 글고 무엇보다 내도 음악을 좋아해서 또 이참에 기타도 더 배우고 자프고……."

일부러 사투리 억양을 짙게 담았다. 어릴 적 친분을 환기시키기 위해서다. 내 의도가 적중한 건지 놈은 진지하게 생각을 하는 눈치다.

"알다시피 나한텐 음악이 중요해. 그런 의미에서 승미하고 사이가 나빠지고 싶지 않아. 불편해지면 같이 음악을 할 수도 없고 또 실제로 좋은 음악이 안 돼."

'그래서 어쩌라구?'

중간에 말을 끊고 묻고 싶었지만 꾹 참았다. 철저하게 중립을 지키려는 놈의 자세가 야속했다. 하지만 냉정하게 생각하면 나한테 치우칠 이유는 없는 일이니까. 여하튼 끝까지 들은 그 애의 결론인즉슨 이랬다.

'난 빠지겠다. 네 말대로라면 내가 나서는 건 도움이 안 될 테니 이 모든 일은 비밀로 하자. 대신 기준이를 앞세우자. 기준이가 여드름이 심해서 분장 이야기를 했을 때 제일 반겼으니까. 우리가 실용음악학원 강사를 하는 기준이 사촌형 도움을 많이 받기 때문에 아마 승미도 기준이 말엔 꼼짝 못할 거다.'

총정리가 마음에 든다. 듣고 보니 사리 분별을 제대로 할 줄 아는 꽤 괜찮은 구석이 있는 놈이다. 고마운 마음에 저녁을 쏘겠다고 했다.

"우리 학교 앞 퓨전 김밥집 갈래?"

"너 무뇌아냐? 이 와중에 누가 보면 어쩌려구?"

욕을 먹는데도 묘한 기분이 든다. 묘한 건 묘한 거다. 다시 말해 그건 정체불명의 감정이라는 소리다.

그로부터 이틀 뒤, 승미가 아무렇지 않게 다시 나를 콜 했다. 목적이 분명하면 수단쯤이야 어디서든 갖다 쓰는 애라 하나도 어색해하지 않는다. 나 역시 아무렇지도 않게 오케이를 했다. 속은 부글거렸지만 그렇게 쿨하게 콜을 받아들일 수 있었던 건 선집이 말 때문이었다.

"너 승미하고 잘 지내! 괜히 또 둘이 시답잖은 감정 실랑이하면서 복잡해지면 짜장이고 뭐고 다 엎어지니까 알아서 해!"

옳은 말이다. 무릎을 치고 싶을 만큼. 하지만 나도 내가 그 '시답잖은 감정의 실랑이'를 그 누구도 아닌 선집을 상대로 하게 될 거라고는 정말 몰랐다. 그리고 그 감정에 불순물이 섞이게 될 거라고는 더더욱 상상도 못했고.

한 치 앞을 모르는 게 인생이라더니!

For the Peace of all mankind

어휴! 하필 지오를 마주칠 게 뭐람! 그렇다고 쌩깔 수는 없었다. 학교 앞에서, 그것도 정면으로 마주쳤는데 그냥 투명 인간인 척한다는 게 소심한 나에게는 결코 쉬운 일이 아니다.

"어…… 그러니까 얜…… 내 동생이야."

"동생이 있었어?"

"어? ……어! 있더라구."

선집은 호기심이 드글드글한 눈으로 지오를 본다. 거기에 반해 지오의 눈빛은 차디차다. 선집의 차림이 영 거슬린다는 표정을 날것으로 드러내 보인다. 피시방에서 나오는 아들과 마주친 엄마의 표정이랄까?

'쯧쯧! 하고 다니는 꼴 하고는…… 아주 잘하는 짓이다.'

"사촌?"

대체 뭘 그렇게 구체적으로 알고 싶은 걸까?

"어, 아니!"

선집은 더불어 이야기라도 나누고 싶어 안달하는 눈치였지만 고맙게도 지오는 우리를 일별하곤 휙 돌아섰다.

"오우! 예쁜데?"

이게 문제였다. 선집의 눈에 지오가 예뻐 보였다는 것. 그것만 아니라면 선집이 더 캐고 묻지 않았을 것이다. 뒤이어 교문 밖으로 승미가 나왔다.

"야! 너도 은오 동생 아니?"

"알지. 우리 반인데."

선집의 눈이 휘둥그레지며 나를 본다.

"네 동생이라더니? 뭐야?"

"얘네 쌍둥이잖아! 서지오, 서은오."

"뭐? 지오?"

선집의 눈알이 튀어나오기 일보 직전이다. 전승미, 진짜 도움이 안 되는 애다.

과거는 현재로 인해 많은 부분이 재편집되는 법이다. 현재가 과거를 새롭게 채색하는 것이다. 사회적으로 성공한 사람들은 자신의 어두웠던 과거를 새롭게 편집해서 이야기한다. 심지어 일탈 행동을 한 부끄러운 이력까지도 아주 떳떳하게 떠벌린다. 은근 '그럼에도 불구하고'를 강조하고 싶은 마음이 있는 것이다.

물론 내 경우가 그렇다는 게 아니다. 하지만 나 역시 편하게 이야기할 수 있다고 생각했다. 지오가 죽었다고 선집에게 거짓말을 했던 그 일은 어릴 적 철없던 시절의 행동이었고 현재에서 재조명해 본다면 그다지 나쁜 일이 아니니까. 그리고 무엇보다 그땐 그럴 수밖에 없었다. 나로서는 외로움을 견디는 방법이었으니까. 그래서 편하게 불었다.

"실은, 갸가 갸여!"

서울에 올라온 뒤로 가급적 사투리를 안 쓰는데 이상하게 선집 앞에서는 불쑥불쑥 나온다. 물론 지금의 경우에는 지오의 이야기를 더 경쾌하게 희석시키고자 하는 의도가 섞여 있다. 우리가 공유했던 어린 시절을 회상하는 의미이기도 하고. 헌데 선집은 고지식하게 수순대로 묻는다.

"갸? 누구?"

"누구는? 지오라카이!"

"지오? 니 동생? 해운대에서 빠져 죽은 그 지오?"

"어."

"죽은 애가 어떻게 살아 있어?"

"니 장난하나? 살아 있는 애니까!"

"죽지 않았다니? 뭐야! 부활이라도 했단 소리야?"

농담 따먹기라도 하는 건가 싶어 내가 피식 웃으며 한 대 쳤는데 놈은 의외로 표정이 진지하다.

"내가 알아듣게 말해, 설득력 있게."

"뭔 설득력씩이나? 그냥 들으면 모르나? 니 짱구가?"

"몰라."

"야! 니, 와 이라는데?"

선집이 좀 괴짜 기질이 있는 줄은 진작 알았지만 그래도 이렇게까지 융통성이 없을 줄은 몰랐다.

"뻥이었어!"

이 한마디로 하하 웃고 넘어갈 거라고 생각했는데 그게 아니었다. 사과를 바라는 건가 싶어져서 나름 진지하게 "뻥까서 미안타."라고 말했지만 그 말에도 굳은 얼굴은 풀어지지 않는다.

내처 더 이야기를 했어야 하는데 골목 끝에서 승미와 희주 그리고 미원이가 우리를 보고 있었다. 난 할 수 없이 대충 말을 접고 호들갑을 떨며 그 애들을 향해 뛰어갔다.

"우리…… 뭐 먹으러 갈까?"

아이들은 답은 않고 골목 안쪽의 선집을 바라본다. 뒤돌아보니 싸늘한 표정의 선집이 여전히 정지 화면처럼 앉아 있다. 미원이가 궁금해 미치겠단 얼굴로 물었다.

"니네 뭔 일 있어?"

"일? 재랑? 없지잉."

승미에게 오해받기 싫어서 뭐라고 말을 지어내려고 했지만 도통 지어낼 말이 없다. 짜장에 재합류한 뒤 승미의 신경을 거슬리지 않기 위해 정말 노력했다. 최대한 나를 드러내지 않는 것, 그게 나의 목표였다. 낮은 포복을 하면서 농담도 않고 근사한 말도 삼가고 시선이 내게 집중되지 않도록 튀는 옷도 입지 않았다. 채도가 없는 무채색의 아이처럼 그림자처럼 지냈다. 그래서인지 내 노력만큼의 대가를 승미는 치러 주었다. 학교에서 삼삼오오 짝지어 다닐 때면 더러 내 팔짱을 끼기도 했고 여자아이들끼리의 수다 모임에도 나를 끼워 주었다. 물론 난 거기서도 '오케이 걸'로만 존재했다. "맞아, 맞아!"만 외쳤으니까. 그랬는데 지금 승미는 내게 의혹의 눈빛을 보내고 있다. 어떻게든 이 상황을 무마시켜야 할 것 같아 입 안이 바짝바짝 마른다.

"그냥…… 집에 무슨 일이 있나 봐!"

"근데 왜 그걸 너한테 말해?"

"나라서 이야기한 거겠니? 우연히 듣게 된 거지."

"뭔데?"

"아니, 별 얘기는 안 했고 고민이 된다구…… 거기까지만……."

내가 말을 해 놓고도 이건 말이 안 된다는 생각이 들었다. 아니나 다를까, 희주가 딴지를 건다.

"에잉! 말도 안 돼! 쟤 표정 보니까 실연이라도 당한 얼굴인데? 혹시…… 쟤, 너한테 고백했다가 퉁 먹은 거 아냐?"

허걱! 얼굴에 열이 확 달아오른다.

"말도 안 돼!"

"너 얼굴 빨개졌어."

눈치 없는 희주는 키득거리고, 그나마 눈치 빠른 미원은 승미를 힐끗거리고, 승미는 굳은 표정을 애써 감추고 있다. 궁지에 몰린 나는 나도 모르게 승미의 팔짱을 끼고 속삭여 버렸다.

"나중에 얘기해 줄게."

'대체 나중에 무슨 이야기를 해 줘야 한단 말인가?'

거짓말은 거짓말을 부를 뿐인데……. 정말 난감하기 짝이 없다. 하지만 일단 나중을 기약하고 헤어졌다.

그다음 모임부터 선집은 눈에 띄게 나를 어색하게 대했다. 기준이와 재현이가 수군거릴 정도로. 그러니 나 역시 그 어떤 행동도 자연스러울 리가 없다. 정말 화가 난다.

'대체 그까짓 게 뭐라고!'

선집의 멱살이라도 잡아끌고 나와 따지고 싶었다.

'짜장을 위해 승미와 잘 지내라며? 그러는 너는 왜 판을 깨? 이

건 팀킬이라구! 표리부동한 놈!'

차라리 만천하에 다 까발려서 애들의 심판이라도 받는 게 나을까 고민도 해 봤다. 하지만 지오 이야기를 이곳에 털어놓는 게 쉬운 일은 아니다. 내게 지오는 그리 가벼운 존재가 아니다. 지오를 떠올리는 것만으로도 지난 어두운 시간들이 통째로 드러나 나를 압사시킬 것 같아 겁이 난다. 지난 시간들로부터 자유로워지고 싶었다. 고로 나는 지금의 생활에 지오를 끌어들이는 것을 원치 않는다. 그러므로 그 이야기를 섣불리 꺼낼 수는 없다. 가족으로부터 왕따가 되어 살았던 지난 시간들을.

하는 수 없이 늦은 밤, 선집의 집 근처 전철역에서 그 애를 기다렸다. 별일도 아닌데 그냥 마음 풀라는 완곡한 내 말에 놈은 황당한 반응을 보인다.

"시발! 까짓것? 내 과거가 통째로 배신당한 거 같아 기분 더럽거든?"

그러고는 회상 장면을 찍는 드라마 주인공같이 꿈꾸는 듯한 표정으로 말한다. 쟤는 낯간지럽지도 않은 걸까?

"걘…… 내 첫사랑이었어."

하마터면 푸하하! 웃음이 터질 뻔했다. 순간 '혹시 기억 속의 첫사랑을 돌려 달라며 울부짖는 건 아닐까?' 하는 코믹한 상상이 떠올랐다. 헌데 내 상상은 곧 현실이 되었다. 물론 울부짖지는 않았지만!

“넌 내 첫사랑과 과거를 모욕한 거야. 물어내!”

닭살이 올라 미칠 지경이었지만 진정하고 상식적으로 따졌다.

“야야! 웃기지 마라! 솔직히 니캉 지오캉 엄청시럽게 사귄 사이도 아이고 동네서 꼴랑 반나절 놀았다카면서 뭔 첫사랑이라꼬 물고 늘어지노?”

“왜 반나절이냐? 걔를 만난 뒤로 지금까지 쭉인데?”

“건 또 뭔 소리꼬?”

“지오, 걔랑 만난 건 반나절이지만 내 기억 속에서 걔는 계속 살아 있었어. 알아? 걔가 가르쳐 준 우주 사냥법이랑 숨 고르기를 난 아직도 습관처럼 한다고! 내가 만든 노래 중엔 걔를 생각하면서 만든 것도 있어!”

“헐! 억수로 한가했나 보네.”

“야! 재수탱이야! 넌 말을 그딴 식으로밖에 못하냐?”

“아무리 생각해 봐도…… 내는 쫌 웃긴다!”

말은 그렇게 했지만 솔직히 걔 말이 짠하게 와 닿았다. 첫사랑이라고 이름 붙인 것을 참 오래도 보듬고 살았구나! 쟤도 많이 외로웠나 보네! 안쓰러웠다. 기억의 불씨를 안 꺼뜨린 게 대견하기도 하고.

하지만 한편으로는 다소 기괴하게도 느껴진다. 상아로 여인 인형을 만들어 놓고 그 인형을 너무나 사랑한 나머지 사랑의 여신 아프로디테에게 생명을 넣어 달라고 간절히 빌었다는 피그말리온처럼 환상 속의 인물을 사랑하는 게 건강한 일은 아니니까.

"우야것노, 이제 고마 맘 풀어라!"

"니가 하라 마라 한다고 되는 게 아니야! 냅 둬! 나…… 황당해서 이러는 거니까."

어휴! 쫀쫀한 놈! 화딱지가 나서 나도 모르게 발끈한다.

"뭐꼬! 솔직히 니, 뭐 손해 난 거 있나? 아닌 말로 내 거짓말 덕분에 니 짝사랑해 가면서 위로받고 그랬다면 오히려 내한테 고마워해야 하는 거 아이가? 그거이 이래 오래 따질 일이가? 니는……. 싼타 할배가 사기라꼬 커서 니 엄마한테 성깔 부릿나?"

산타 얘기를 들먹이는데 놈이 약간 움찔하는 눈치더니 갑자기 풀이 죽는다.

"가라!"

아뿔싸! 그제야 선집의 엄마가 돌아가셨다는 사실이 떠올랐다. 하지만 이미 늦었다. 사과해 봐야 더 어색할 뿐이다. 할 수 없이 돌아서려는데 선집이가 혼잣말을 하듯 나직하게 말한다.

"거짓말, 졸라 재수 없어. 짱싫어!"

결국 그날 선집은 탄천변에 앉아 내게 긴 이야기를 했다. 거짓말이 왜 그토록 싫은지에 대해, 기억 속의 사실들이 거짓으로 돌아와 얼마나 자신을 황당하게 만들었는지에 대해. 듣고 보니 이해가 갔다.

돌아가신 줄 알았던 엄마가 알고 보니 살아 계셨단다. 그것도 지척에 살고 있었으면서 엄마는 내내 자기를 모른 척했고, 이제는 자신이 그 모든 사실을 알고 있다는 걸 알면서도 여전히 모른 척한다고 한다. 그래서 미치고 팔짝 뛸 노릇이라고!

선집은 중학교 때 학교 앞으로 찾아왔던 외할머니를 따라 아빠 몰래 외갓집에 다녔다. 외할머니네 집에는 이모가 있었는데 선집은 유난히 살갑고 정겹게 대해 주던 그 이모가 정말 좋았다. 헌데 이모가 시집을 간 뒤로는 외할머니가 눈치를 줘서 자주 못 만났지만 그래도 이모는 늘 몰래 용돈도 주고 그랬단다. 그런데 얼마 전 그 이모가 사실은 자기 엄마라는 걸 알게 되었다. 고모네 집에 갔다가 숨겨져 있던 아빠의 결혼사진을 보고 알게 되었다고…….

선집이 외가 식구들과 연락을 하고 살았다는 걸 뒤늦게 안 아빠조차 지금 같이 사는 새엄마 때문인지 선집의 친엄마를 '네 이모'라고 부른단다. 그러니 선집으로서는 그 이야기를 아빠에게 꺼낼 수 없고 또 스스로 이모인 척하는 엄마에게도 차마 입을 뗄 수가 없었다는 것이다. 외할머니, 친할머니, 삼촌, 고모 등등 모두가 한통속이 되어 거짓말을 하는데 그걸 삼키고 있자니 답답하단다. 그런데 자기가 늘 마음속으로 속내를 털어놨던, 오랜 기억 속의 첫 사랑마저도 거짓이었다니…….

선집의 이야기를 듣고 있는데 내 마음속에 눈물이 고였다. 소리 내어 울면 민망할까 봐 차마 티도 못 내고 속으로만 삼켜야 했다. 아니다. 삼켜야 했던 진짜 이유는 따로 있었다.

'나도 알거든? 마음에 빗장 걸고 사는 게 어떤 건지…….'

하지만 가슴속에서 아우성치는 이 말 대신 다른 말을 했다.

"됐다 마! 걍 털어라. 니 인자 얼라도 아인데, 뭐……."

그냥 안 좋은 건 덮어 버리고 싶었다. 아픔을 직시하지 못하고 덮는 데는 내가 선수니까. 언젠가 그 스케이트 타는 소녀 오르골을 땅속에 묻어 버렸듯이 말이다.

"내가 결혼사진을 본 걸 아신 고모도 그러더라. 모두를 위해 모른 척하라고."

안팎이 달라 보여도 결국 하나로 이어져 있다는 뫼비우스의 띠 같은 걸까? 하긴 전에 아빠도 내게 그랬다. "한 사람이 참아서 모두가 좋으면 그것처럼 남는 장사가 어디 있냐!"라고. 계산에는 유난히 서툰 아빠가 그런 소리를 한다는 게 영 설득력이 없지만.

하지만 그렇게 덮기만 하는 게 좋은 일이었을까? 덮어 놓은 까만 콩나물 이불 속으로 예상치 않게 웃자란 콩나물을 보고 놀라듯이, 요즘 들어 난 자꾸만 과거로 거슬러 올라가 잘못된 것을 고치고 싶은 욕구가 생긴다.

*

엄마와 지오는 꼭두새벽에 아이스 링크로 나간단다. 선수들의 훈련용 아이스 링크가 별로 없어서 새벽 시간에만 연습이 가능하기 때문이란다. 그걸 알 리 없는 내가 오전에 전화를 했고 덕분에 잠에서 깬 엄마의 짜증을 고스란히 뒤집어써야 했다. 전화통으로 전해 오는 엄마의 찌든 목소리를 상대로 나는 감히 이것저것 캐물을 수 없었다. '엄마 배 속의 동생은요?'라든가 '왜 나만 여기서 살아?', '나 언제까지 여기서 살아야 해?' 등 이런 질문은 차마 꺼내지 못했다.

그리고 엄마가 기분이 좋은 오후 시간에는 엄마의 이야기를 일방적으로 들어야 했다. 그래서 또 질문을 못했다. 지오가 피겨 스케이팅 선수가 되기 위해 훈련을 받는다는 것은 은근슬쩍 기정사실이 된지라 엄마는 지오가 얼마나 스케이트를 잘 타는지에 대해서만 신이 나서 이야기했다. "코치 왈, 지오만큼 턴을 잘하는 애가 없다더라!", "국제 대회를 준비해야 하는데 걱정이다."라는 둥.

그 당시 나는 지오가 주인공으로 등장하는 아이스 링크 꿈을 자주 꿨다. 유리 빙판 위의 지오가 오르골 소녀처럼 파란 드레스를 입고 미끄러지듯이 쏘다닌다. 반면 난 초라하기 그지없는 모습이다. 견고한 두 개의 칼날 위에 선 고고한 자태의 지오와 달리 운동화를 신고 얼음판 위에 선 것만으로도 '열등함' 그 자체다. 게다가 얼음 바닥의 냉기가 그대로 전해져 온다. 꿈속에서도 온몸이 시렸다. 내가 주인공인 곳은 어디에도 없었다.

하지만 주인공이 아니어도 키는 크는 건지 겨울부터 이상하게 몸이 길어지기 시작했다. 귀엽지도, 그렇다고 섹시하지도 않은 어정쩡한 몸이 되었다. 그래서 거울을 보면 짜증이 나고 거울을 안 보면 엉클어진 마음속이 읽혀져서 또 짜증이 났다. 0.3밀리미터 하이테크 펜으로 마구 엉킨 낙서를 해 놓은 듯한 마음속이었다. 도저히 실마리를 찾지 못할…….

헌데 그즈음 놀라운 사실을 하나 알게 되었다. 비가 부슬부슬 오던 날, 부추전에 막걸리를 곁들이시던 할머니가 급기야 술주정을 시작했다. 할머니는 랩처럼 늘어지는 노랫가락을 불러 젖히다가 여느 때처럼 신세 한탄을 하셨다. 줄거리는 늘 비슷했다. 평생을 밖으로 나돌다가 밖에서 돌아가셨다던 외할아버지 이야기, 이기적이고 야멸찬 우리 엄마, 물러 터진 외삼촌. 좀 더 시간을 거슬러 올라가서는 할머니의 시집살이 이야기, 잇몸이 들썩거리도록 괴롭히던 할머니의 시어머니, 간살스럽기가 100년 묵은 여우는 저리 가라인 시누이들, 뚱하고 미련하기가 곰팅이 같던 아주버

님, 그 사이에서 내만 죽어났다! 뭐 이 정도. 말할 때마다 이야기가 약간씩 바뀌지만 거의 매번 같은 레퍼토리다. 그러니 일정 시간만 견디면 된다. 한 귀로 듣고 다른 귀로 흘려보내기.

"야야! 가 막걸리 쫌 더 가온나!"

할머니의 성화에 못 이겨 내가 막걸리를 가지러 나가는 체를 하면 할머니는 그사이에 눕는다. 그러고는 잠이 든다. 이게 할머니 술주정의 마지막 의식이다. 마루에 나가 있다가 다섯을 세고 방문을 여니 아니나 다를까 할머니는 주무시고 계셨다. 이제 끝났구나 하고 내 방으로 가려는데 갑자기 할머니가 벌떡 일어나 부르르 떨며 소리를 치셨다.

"나쁜 연놈들! 지들이 내를 묶어 놓을라카나? 지들 욕심 차리자꼬? 내한텐…… 자식놈덜 아무 소용없다카이!"

처음에는 꿈을 꾸시는 건가 했다. 거의 잠결인 듯 보였으니까. 헌데 뒷이야기를 하시며 날 향해 손가락질을 하는 걸로 보아 잠꼬대는 아닌 게 분명했다.

"요래 쥐방울만 한 가시나 하나 여다 떨궈 놓고, 걸로 낼 묶어 둘라꼬!"

내가 비록 쥐방울만 하진 않지만 이곳에 떨궈진 가시나는 맞기 때문이다. 할머니 이야기대로라면 내가 이곳에 와 있는 건 내 동생 때문이 아니라 할머니를 묶어 두기 위한 것이다. 그럼 내가 할머니를 감시하는 간수란 소리인가? 할머니는 왜 감시를 당해야 하는 것이며 내가 어떤 식으로 할머니를 묶어 둘 수 있다는 건지 도통 모르겠지만 여하튼 기분은 별로였다. 구멍 난 체육복을 꿰매기 위해 덧대던 누런 천 조각이 머릿속에 떠오른다. 그리고 덩달아 솎아내 버린 여린 깻잎모들의 후줄근한 모습도 떠오른다. 솎음용이든 땜빵이든 기분 나쁘긴 매한가지니까.

그리고 사나흘 뒤 할머니 집에는 또 다른 땜빵이 왔다. 외삼촌과 외숙모 그리고 네 살배기 사촌 경배, 이렇게 세 식구가 들이닥쳤다. 처음에는 놀러 오셨나 보다 했는데 웬걸? 한 30분 뒤에 이삿짐 차가 도착했다. 할머니도 황당해하시는 표정이 역력했다. 하지만 나는 살살 기분이 좋아지기 시작했다. 외삼촌네 식구들이 왔으니 나의 땜빵 임무는 해제될 것이라는 기대 때문에. 하지만 나의 예상은 빗나갔다.

외삼촌이 짐을 싸들고 왔다는 소식이 서울로 알려지기가 무섭게 아빠를 기사로 앞세운 엄마가 찾아왔다. 분위기가 완전 살벌해서 지오 안부는 묻지도 못했다. 아빠가 일체 개입을 안 하시고 초지일관 뒷마당에서 서성이고 계신 걸로 봐서는 100퍼센트 외갓집 문제인 듯싶었다.

얼핏 보기에는 엄마와 삼촌이 같은 편이고 할머니만 다른 편인 것처럼 보였는데 자세히 보면 엄마와 삼촌도 완전한 같은 편은 아니었다. 특히 엄마에게 자분자분 대드는 품새의 외숙모가 그렇다. 맨날 말을 뭉쳐 무성의하게 획획 던지는 타입인 줄 알았는데 완전 다른 모습이다.

연로하신 어머니를 모시는 게 며느리로서 당연한 도리라는 외숙모와, 아직 정정하고 곁에 은오도 있어 외롭지 않으실 테니 너희는 젊을 때 자유롭게 사는 게 낫지 않겠냐는 엄마. 난 아직 힘이 남아도니 너희 도움 없이 살고 싶다는 할머니. 그래도 가족이 있는데 무엇하러 외롭게 혼자 사시겠다고 고집이냐는 외삼촌과 엄마의 한목소리.

분명 서로를 배려하는 감격적인 장면인데 얼굴들은 다들 편해 보이지 않았다. 이 대 일의 싸움이 아니라 이 대 일이면서 동시에 일 대 일 대 일의 삼파전으로 보인다. 아무튼 중요한 점은 엄마와 삼촌이 이기는 싸움인 것이 분명해 보였다. 그리고 제일 중요한 건 나를 서울로 데려가겠다는 소리가 그 어느 대목에서도 나오지 않았다는 것이다.

실망한 나는 뒷마당으로 나와 아빠 곁을 슬슬 맴돌았다. 하지만 아빠는 내게 신경을 쓸 겨를이 없어 보였다. 어린이 그림책을 만드는 출판사를 하셨던 아빠는 여전히 상황이 안 좋으신가 보다. 내가 맴도는데도 아랑곳 않고 바닥에 쪼그리고 앉아 담배만 줄곧 피우시는 아빠를 보면서 내 궁금증 따위는 일도 아니라는 생각이 들었다.

맴돌던 일을 포기하고 아빠 옆에 쪼그리고 앉았다. 아빠는 흙바닥을 기어가는 벌레 등 위로 침을 뱉었는데 번번이 조준에 실패했다. 아빠가 조준에 성공하면 한 번쯤 '집에 가고 싶다.'고 떼를 써 볼 참이었는데 그나마도 못했다. 그때 안채에서 할머니의 앙칼진 목소리가 새어 나왔다. 난 그걸 빌미 삼아 아빠에게 물었다.

"어른들 싸우는 거야?"

"싸우긴? 의논하는 거지."

"근데……."

입을 뗀 김에 말을 할까 말까 망설이는데 내 표정을 읽은 아빠가 선수를 쳤다.

"은오야, 여기서 지내는 거 괜찮지?"

"어? ……어!"

"우리 은오는 잘할 거야. 아빠가 은오한테 미안해. 아빠가 알았다면 말릴 수 있었을 텐데……."

이런! 아빠 역시 내 입을 틀어막는다. 뭘 알고 뭘 말린다는 건지 모르겠지만 미안하다며 괴로워하는 아빠한테 떼를 쓸 자신이 없었다. 그러고는 그걸로 성에 안 차는지 아예 봉쇄도 한다. 이건 어쩌면 아빠 자신에게 하고픈 말이었는지 모른단 생각도 든다.

"잘할 거야, 우리 은오. 할머니도 도와 드리고……. 살다 보면

나 하나 참으면 모두가 좋아지는 일이 있단다. 한 사람이 참아서 여럿이 좋으면 그것처럼 남는 장사가 어딨겠냐?"

모두에게 나쁜 게 아니라 좋은 거라니까. 그리고 그 모두가 가족이라면 응당 내가 할 몫이라고 생각했다. 하지만 가끔씩 '우 씨! 왜 하필 나지?' 하는 생각이 들었다. 그럴 때마다 지오와 나를 놓고 제비뽑기를 하듯 두 분이 이야기를 나누던 그 밤을 떠올렸다. 부득이한 일이라고 생각하면 생각은 거기서 멈춰야 했다.

키도 자라고 머리카락도 자라고 손톱도 자라고 모든 것이 자란다. 내 안의 구석구석에 담긴 마음들도 다 자란다. 자라는 것은 커져만 가는 걸 의미하는 게 아니다. 질이 좋아지는 걸 말하는 게 아니라는 뜻이다. 아이가 자라서 어른이 되었다고 더 나아지기만 하는 것이 아니듯이. 자라는 건 그냥 달라지는 거다. 흐르는 시냇물이 멈춰 있을 수 없듯이. 나도 조금씩 조금씩 달라져 간다. 지금으로서는 그게 나의 유일한 희망이다.

'For the peace of all mankind!'

세상에는 이렇게 거창한 걸 행하는 사람들도 있다. 하물며…… 가족을 위해서야 무엇을 못하랴!

의자 뺏기

선집과 친해졌다. 대놓고 장난을 쳐도 될 만큼. 선집은 자신의 가족사를 털어놓은 뒤 덜어 낸 만큼 홀가분해져서인지 매사에 나를 스스럼없이 대했다. 아니면 나를, 자신이 앞으로 덜어 낼 속내를 담을 커다란 봉지로 생각하는지도 몰랐다. 어쨌든 정말 고무적이다. 난 그 애의 이야기를 들어 줄 봉지 정도가 아니라 커다란 포대가 될 자신도 있다. 어제는 자기가 먹다 만 컵라면을 선뜻 건넸다. 입으로 쪽쪽 빨던 젓가락을 담근 채 줘서 무지 더러웠지만 그냥 꾹 참고 먹었다.

누군가와 더불어 마음을 나누고 지낸다는 건 가슴속에 꺼지지 않는 불씨를 하나 지니는 것이다. 고로 천군만마를 얻은 것이나 진배없으니 두둑한 배짱도 생긴다. 이제 더 이상 홑실로 떠돌지 않아도 된다는 그 사실 하나만으로 난 다소 오만해졌다. 덕분에 나는 승미에게 대적하기 시작했다. 아이들 앞에서 선집과 대놓고 장난을 친다는 게 바로 그 예다. 결국 참다못한 승미가 나를 불러냈다. 그러고는 한 손을 벽에 대고 건들거리며 물었다. 이제 갑으로 격상한 나로서는 다소 언짢은 포즈다.

"뭔데?"

"뭐가?"

"네가 나중에 얘기해 준댔잖아? 왜 말이 없어?"

"뭐? ……아! 선집이 얘기? 그게…… 걔 사생활이라 내가 너한테 발설한다는 게 옳지 않다는 생각이 드네?"

"너 장난치니?"

"설마!"

"너 지금 나한테 개기는 거구나!"

개기는 거 맞다. 내가 개길 수 있는 거는 선집이라는 든든한 백이 있기 때문이기도 하지만 사실 그보다는 내 안에 자리 잡기 시작한 단단한 자존감 때문이다.

그즈음 난 우연찮게 새로운 세계를 발견했다. 비로소 내가 온전하게 뿌리를 내리고 힘을 쓸 수 있는 것, 우리들 표현으로 '덕질할 만한 것'을 발견했다. 내 스스로에게 자긍심을 느껴 본 첫 경험이라고나 할까? 아무튼 그래서 난 개길 수 있게 되었다. 뿌리를 내린 것은 쉽게 흔들리지 않는 법이다. 그것이 어떤 일이든 난 이제 더 이상 부유하는 무엇이 아니므로.

"개긴다기보다는 더 이상 너한테 휘둘리지 않겠단 의사 표현 중이지."

치뜬 내 눈에서 뭔가를 봤는지 승미는 코를 한 번 벌렁거리더니 별말 없이 돌아서서 갔다. 의외다. 하긴 내가 의외의 행동을 하니 걔 쪽에서도 그러는 게 어쩌면 당연한 일인지도 모른다.

아이들이 연습할 때 내가 훈수를 두면 더러더러 기준이가 말했다.

"은오 쟤, 은근 촉이 있어!"

그날도 기준은 내 촉에 대해 침이 마르게 예찬을 하고는 뒤이어 우연히 내 노래를 듣고 짱 놀랐다며 세트로 호들갑까지 떨었다. 심지어 남을 칭찬하는 일에 인색한 희주까지 한마디 거들자 선집은 집에 가는 길에 뜬금없이 나에게 노래방에 가자고 했다. 그러고는 마치 오디션을 보듯 내 노래를 여러 곡 듣고 입술을 쭉 빼고 놀란 듯한 표정을 지어 보였다. 기질상 오두방정은 안 떨었지만 그래도 비교적 이례적인 평을 늘어놓았다.

"꼭 가수가 되라기보다는 뭐, 노래를 하면서 살아도 좋겠단 생각이 드네. 어차피 자기가 잘하는 걸 하면서 살아야 하니까."

"레알?"

"일단 넌 생목을 쓰지 않고 음역대도 높고 비성을 사용할 줄 알

아. 그리고 무엇보다 호흡 조절이 타고난 것 같아. 그렇담 다양한 보컬 톤을 가질 수 있거든. 그리고 결정적으로 음색이 특이해."

"레알, 레알?"

내가 노래를 못하는 편이 아니란 생각은 해 왔지만 내가 노래를 하면서 살 수도 있다는 생각은 단 한 번도 해 본 적이 없었다. 아니, 노래를 해도 되는 건지조차 몰랐다. 돌이켜 생각하면 '왜 그런 생각을 한 번도 못했을까?' 하고 의아할 정도다. 아침에 눈 떠서 잘 때까지 귀에서 이어폰을 떼지 않을 정도로 음악을 좋아하는 나였다. 하지만 음악이 내 삶의 배경 음악이라고만 생각했지, 내가 그 안으로 들어갈 수 있는 건지 정말 몰랐다. 어쩌면 내 스스로 뭔가를 결정한다는 게 낯선 일이어서가 아니었을까?

사실 미용학원에 다니게 된 것도 내가 원해서라기보다는 외숙모의 추천 때문이었다. 일찍이 공부에는 별로 취미도 없었고 그러다 보니 뭘 하고 살지 막막했다.

"니는 거울 앞에서는 시간 가는 줄 모르는 아니까 미용을 함 해봐라. 그게 공부보다 쉽지 않겠나!"

외숙모의 말에 선뜻 학원을 등록했다. 학원에서 기초 메이크업 실습을 할 때에도 재미라든가 열의, 재능 여부를 구체적으로 따져 본 적은 한 번도 없었다. 공부보다 쉬운 일이라는 생각에 안도감이 먼저 들었다고나 할까? 아니, 공부를 못한다는 죄책감으로부터 벗어날 수 있는 일이라 피부 관리 실습을 할 때에도 벽돌을 차곡차곡 쌓는 마음으로 노동을 하듯이 했다.

짜장 연습실에 처음 왔을 때, 그날의 전율이 떠오른다. 내 몸의 모든 세포들이 입을 열어 환호하는 듯한 짜릿함이었다. 드럼의 비트에 심장이 울리고 일렉 기타의 현을 긋는 소리에 영혼이 들썩이고 건반의 선율이 내 마음에 켜켜로 내려앉는 듯한 느낌. 그래도 그게 내 몫이 될 수 있다는 생각은 해 보지 못했다. 그냥 라이브 음악을 처음 들었기 때문이라고만 생각했다.

그랬는데…… 누군가가 이름을 불러 주니 꽃이 되었다는 시처럼 내가 시선을 돌리자 비로소 세상이 열렸다. 난 이미 오래전부터 귀를 사용해 왔으나 귀로 들려오는 선율로 인해 세상이 열리고 마음이 열릴 수 있다는 것을 처음 알았다. 더욱이 내가 부르는 노래로 나의 온 세포가 살아 움직이기 시작하고 더불어 세상과 소통할 수 있다고 생각하니 온몸의 실핏줄이 간질간질해지는 기분이 들었다.

내가 비굴함을 무릅쓰면서까지 짜장의 멤버로 남으려고 했던 진짜 이유는 단지 혼자되는 게 싫어서만은 아니었음을 깨달았다. 그렇기에 난 이제 승미에게 당당할 수 있다. 내가 발견한 그 세계는 누군가가 끼워 주지 않아도 내 스스로 자족하며 뿌리를 내릴 수 있는 곳이기 때문이다.

선집은 날 데리고 기준의 사촌형 학원에 가서 나름 공인된 인물의 검증까지 받게 해 줬다. 기준이 사촌형 역시 '오디션 프로그램에서 먹힐 만한 청명한 음색'이라며 극찬을 했다. 물론 '본선은 어렵겠지만'이라는 단서를 달았지만. 그 단서는 내가 기본적인 보컬 교육을 받은 적이 없어 훈련이 안 되어 있다는 뜻이지, 내 노래가 수준 미달이라거나 자격 미달이란 소리는 아니다. "벨칸토 훈련을 좀 거치기만 하면 크겠네."라고 분명 그랬으니까. 하지만 초를 치는 사람도 있다.

"개나 소나 다 한다는 노래를 너까지 한다고?"

미용학원을 관두고 실용음악학원을 다니겠다는 내 선포성 발언을 지오는 노골적으로 비웃었다.

"개나 소가 하는데 왜 내가 못해?"

"기타줄 튕기고 고음 좀 질러 댄다고 다 하니? 어휴! 그건 재능으로 하는 거야."

"그러게! 그게 나한테 있다네?"

"누가? 그 닭 머리가 그러든?"

말로 내뱉은 것 외에 빙긋이 웃는 지오의 표정은 또 다른 말을 하고 있었다.

'초록은 똥색이라더니 끼리끼리 아주 잘들 논다.'

선집이까지 욕하는 것 같아 달려들어서 머리끄덩이를 잡고 싶었다.

"네가 뭔데 내 친구를 모욕해?"

"내가 언제? 닭 머리 이름을 몰라서 그렇게 부른 건데 뭐가 어쨌다구? 하여간 피해 의식 쩔어!"

맞다. 난 그거 있다. 피해 의식. 지오와의 사이에는 늘 그게 칸막이처럼 가로걸려서 도저히 가까워지지 않는다. 지금도 내 마음속에는 '할머니네 떨궈진 게 내가 아니라 너였으면' 하는 설정 뒤에 오만 가지 생각이 들락거린다.

"야! 서은오. 머리가 딸려서 네 주제 파악은 못한다 치자. 그래도 현실 파악은 해야 하는 거 아니니? 그게 지금 우리 형편에 적합하다고 생각하니? 너…… 설마 '오디션 프로그램에 나가서 억 소리 나는 상금을 타야지.' 이런 터무니없이 야무진 생각을 하는 건 아니겠지?"

당근! 그런 생각도 했다. 물론 쉽지는 않겠지만 그 생각을 해 보는 게 뭐가 어때서? 이 세상에 가능성 없는 도전은 없다던데…….

"뭐가 어때서?"

"님! 쯤 한심한 듯! 황당 무지가 옆구리 차는 소리하시네. 순진하기는…… 하기야 그러니까 남의 배에도 덥석덥석 탔지."

수제비 반죽을 하느라 양푼 속에 손을 넣고 힘을 쓰시던 할머니는 배 이야기가 나오자 갑자기 흥분을 하신다.

“맞다! 은오…… 저거저거……. 가시나 귀가 얇아 가지고 홀딱 홀딱 넘어가가…… 사고를 친다 아이가! 그때 하마터면…….”

“할머니! 그 얘기 좀 고만해요!”

“가시나! 되바라지게 남덜 한다꼬 여기저기 발 걸치지 말고 기냥 착실하게 댕기던 거 마쳐서 취직할 생각을 해라 마! 누구던 밥벌이는 해야 안 하나? 경배 어멈을 우에 믿나? 게다가…… 니들 아빠도 핫바지고……. 그란데 지금 그게 뭔 신소리꼬! 그라고…….”

할머니 말이 채 끝나기도 전에 나는 폭발했다. 할머니가 도화선에 불을 놓았으니까.

“왜! 왜? 그 누구든이 왜 나여야 해? 왜 또 나냐구? 왜!”

최고의 볼륨으로 악을 쓰는 나를 보고 할머니와 지오가 놀라 입을 다물지 못한다. 하긴, 이런 적이 처음이니까 다들 놀란 눈치다. 세상의 모든 처음은 다 낯설고 신선하니까. 헌데 악을 쓰면 힘도 불끈 솟는 건지 별 생각 없이 의자를 쳤는데 뒤로 넘어지면서 붙박이장 유리가 깨졌다. 와장창! 헐! 절대 그럴 생각은 아니었는데…….

“저…… 저…… 가시나, 요새 와 빽하면 저래 지랄 발광이고?”

놀란 할머니가 정신을 차리고 한 소리 하신다. 난 할 수 없이 문을 박차고 밖으로 나왔다. 그 와중에도 집에 있으면 저 유리를 내가 다 치워야 한다는 생각이 들어 일부러 튀었다. 그게 좀 웃기기도 하고 한편으로는 '내가 너무한 게 아닌가.' 하는 자책감도 들었지만 나는 마음을 다잡고 기도했다.

'제발 계속 끝까지…… 끝까지 분노하게 하소서!'

이 분노가 끝이 나면 안 된다. 분노라는 감정은 사람을 적극적으로 만드니까. 만약 이 분노가 맥없이 끝나면 할머니 말대로 밥벌이를 해야 할 그 누구는 바로 내가 될 것이다. 이제는 더 이상 소리 없이 밀리고 싶지 않다. 적어도 지오에게 또 밀리고 싶지는 않단 말이다.

난 계속 분노할 것이고 억지로라도 분노에 풀무질을 해 내 중심을 잡을 것이다. 그런 의미에서 나의 분노는 건강하고 정당하다. 또다시 마음에도 없는 '암 오케이!'를 외칠 수는 없다. 그래서 의자 뺏기를 해야 한다면 할 거다. 나도 이젠 앉고 싶으니까. 난 기필코 의자 뺏기의 승자가 될 것이다.

이쯤에서 되짚고 싶지 않은, 아픈 과거 이야기를 해야겠다.

*

그때, 그러니까 6학년 졸업을 앞둔 겨울에 나는 사고를 쳤다. 할머니 표현대로 귀가 얇은 내가 같은 반 진선이란 애 말만 듣고 바다 낚싯배에 탔다가 하마터면 인신매매 하는 사람들에게 끌려갈 뻔했다. 물론 다행히 해경의 도움으로 극적 구조가 되었지만 말이다. 포구에서 식당을 하는 이모 집에서 살았던 진선이는 어린 나이에 담배를 배운 아이였는데 그 애가 해경 아저씨 주머니에서 담배를 슬쩍하다가 걸리는 바람에 나까지 문제아 취급을 받았다.

하지만 원인 없는 결과가 이 세상에 있을까? 난 그때 솔직히 어디론가 증발해 버리고 싶었다. 다들 사춘기라서 저러나 보다고 했지만 그건 증세를 부추기는 촉진제 같은 것일 뿐 진짜 원인은 따로 있었다.

그때 난 다른 6학년에 비해 이상할 정도로 빨리 성숙했다. 가슴도 봉긋하니 올라오고 허리도 잘록하니 우아한 곡선을 만들고 있었다. 거울을 바라보고 있으면 묘한 기분이 들었다. 쌍둥이인 지오보다도 키가 한 5센티미터는 더 컸던 것 같다. 난 숨 고르기를 해서라고 생각했다. 바닷가에 서서 마신 들숨이 내 안에서 거대한 기포를 만들어 나를 부풀린 탓이라고 생각했다.

그리고 또 하나, 나를 키운 것은 미처 분노로 자라지 못한 슬픔 덩어리였다. 야무지지 못하고 미욱하기만 한 슬픔. 그것이 흥건히 가슴에 고여 어디로든 흐르지 못하고 나를 웃자라게 만들었다.

슬픔의 원인은 다름 아닌 내가 이곳에 남게 된 이유, 그 비하인드 스토리를 구체적으로 알게 되었기 때문이다. 한마디로 난 인질이었다. 인질이면서 땜빵이면서 소음용이기도 한 나. 그런 내가 슬펐다. 차라리 누군가를 향해 분노의 삿대질이라도 했다면 더 좋았을 것을…….

그 비하인드 스토리란 이렇다. 일종의 이중장부 같은 것인데, 일단 공식적인 이유로는 첫째, 엄마의 임신 때문이었고 둘째, 혼자 외롭게 계신 외할머니에 대한 효심 때문이었다. 하지만 이건 어디까지나 대외적인 이유일 뿐이다. 엄마의 임신은 초기 유산으로 끝난 건지 아니면 이마저도 친가 쪽 사람들과 아빠에게 명분을 제시하기 위한 거짓이었는지 아무도 모른다. 그리고 효심 또한 동기가 불순했으니 효심이라고 이름 붙일 수 없는 것으로 판명이 났다.

진짜 이유는 지오를 유명한 피겨 스케이팅 선수로 이름을 날리게 하겠다는 엄마의 야심과 또 하나는…… 노골적으로 이야기하자면 외할아버지가 남기신 재산 때문에 볼모가 필요했다는 것이다. 그리고 그 볼모가 바로 나였다.

당시 외할머니는 동네 배드민턴 동호회에서 어떤 할아버지와 사랑에 빠졌다. 헌데 어찌나 불이 확 붙었던지 사귄 지 한 달 만에 자식들을 불러 놓고 재혼 문제를 의논하셨다고 한다. 엄마의 표현대로라면 '다행스럽게도' 할머니가 사귄 상대는 평생을 정형외과 의사로 일하신 '인텔리'였다. 그 할아버지는 의사로 평생을 성실하게 산 분답게 재산도 많았고 자식들도 하나같이 내로라하는 위치에 있었다. 헌데 그러한 다행스러운 조건들이 할머니에게는 오히려 화근이 되었다.

그 할아버지의 자식들도 우리 할머니와의 재혼을 결사적으로 반대했다. 물론 그쪽도 공식적으로는 친엄마에 대한 의리와 세상의 이목, 호적상의 청결함을 이유로 내걸었다. 하지만 이면은 재산 때문이었다. 자식들의 반대에 봉착한 소심한 할아버지는 할머니에게 비통한 표정을 지으며 재혼 불가를 선언했고 그에 발끈한 할머니는 이유를 캤다.

뒤늦게 사랑에 빠진(할머니 왈, 태어나서 사랑은 처음이라고 했다) 할머니가 캐 본 바, 결혼을 반대하는 이유가 '그깟 재산' 때문이라는 것을 안 할머니는 할아버지가 남긴 제재소와 제재소 뒷산의 땅 문서까지 들고 나가셨다.

'자 봐라. 나도 있을 만큼 있다.'

그랬음에도 불구하고 할아버지가 자식들 눈치를 보며 미적지근한 태도를 보이자 할머니는 호탕하게 '다 두고 나와라.'라는 파격적인 제안을 하셨다.

하지만 여성 호르몬이 보글보글 솟기 시작한 할아버지는 계속 망설이셨다. 그러자 할머니는 솔선수범을 하는 의미에서 제재소와 뒷산을 자식들에게 상의 한 번 없이 부동산에 덜컥 내놓으셨고 뒤늦게 그 사실을 안 엄마와 삼촌이 난리를 피웠다. 아무리 상부를 한 지 오래되었다고 해도 재혼은 껄끄러운 일이라며 두 분은 반대를 하고 나섰다. 하지만 정작 두 분은 외할아버지의 유산이 그런 식으로 허물어지는 게 더 껄끄러웠을 것이다. 당시 제재소 땅 뒤로 개발이 예상되던 중이라 당장 그걸 팔면 큰 손해였다. 하여 엄마와 외삼촌은 뜻을 모으셨다. 할머니를 진흙탕 같은 사랑 놀음에서 헤어 나오게 하자고.

"엄마, 그냥 연애만 해요!"

"내는 인자 혼자 살기 싫다! 텅 빈 집에 노인네 혼자 있는 게 어떤 건지 니들이 아나?"

"그니까 연애만 하시면 되잖아요!"

"해 떨어져 어둑신한 집에 말할 상대도 하나 없이…… 그렇게 허망하게 죽어 뻔져도 아무도 모를 낀데……."

그래서 엄마는 혈육을 볼모로 내걸었다. 안 그래도 싹수가 보이는 자식 하나는 인물을 만들어 볼 계획이라 나머지 하나가 거치적거리던 차에 잘되었단 생각이 든 거다. 어차피 남는 자식이니까. 그게 나다. 그 사실을 어떻게 알았냐고?

삼촌네 식구들은 엄마보다 더 원대한 계획이 있어 직접 몸을 던져 할머니네로 들어온 것이었다. 그리고 의구심이 증폭된 내가 외숙모에게 물었고 외숙모는 필요에 의해서 내게 친절히 그 사실을 다 알려 주었다. 아무리 원대한 계획이 있다고 해도 시어머니에 시누이의 딸까지 데리고 살기는 싫었을 테니까. 어떻게든 날 치우고 싶었을 게다.

내 쪽에서도 외숙모와 사는 게 결코 쉬운 일은 아니었다. 그악스러운 성격에 투박한 외모, 상냥함과는 거리가 먼 외숙모는 유난히 번잡스런 아들 때문에 일이 많다는 이유로 나를 식모 부리듯 했다. 그리고 걸레 빠는 일 하나에도 악다구니를 썼다.

"그케서 때가 지나! 너 쎄게 문질러라카이!"

벼랑 끝에 몰린 나로서는 의심이 더 커질 수밖에 없었다. 내 상황이 안 좋으면 온갖 부정적인 증거들을 더 수집하게 된다. 남 탓이라도 해야 하니까.

여하튼 그 사실을 알고 난 뒤 난 삐뚤어지기로 작정을 했다. 물론 내가 쌍둥이만 아니면 문제는 간단해진다. 난 데려온 자식이고 지오는 친자식이라 이런 불평등이 존재하는 거겠지. 그렇다면 이해를 해야지. 어떻게 친자식이랑 대접이 같기를 바라겠어? 그런데 지오랑 나는 쌍둥이다. 하나를 어디서 데려왔다고 도저히 거짓말을 칠 수 없을 만큼 닮은 일란성 쌍둥이다. 이렇게 생각해 볼 수도 있다. 쌍둥이라서 하나는 원본이고 하나가 복사본이라 원본만 우대를 하는 것인지도 모른다. 하지만 그렇게 따지면 내가 먼저 나왔으니 내가 원본일 확률이 높다.

마음이 구겨질 대로 구겨진 나는 작정을 하고 삐뚤어지기 시작했다. 먹잇감을 찾는 매처럼 사고 칠 일을 찾았다. 마음이 엉킨 나는 뭐든 해야 할 것 같았으니까. 왜 애들이 사고를 치는지 알 것 같았다. 어쩌지 못해서다. 달리 어쩔 수가 없기 때문에…….

"공책엔 글씨도 삐뚤빼뚤, 할매 말도 안 듣고 뺀질뺀질, 거짓말은 이래 살살, 저래 살살, 말대답도 깐족깐족."

당시 할머니가 나를 두고 하던 말이다. 그리고 그 정점에 오른 일이 바로 낚싯배 사건이었다. 오죽했으면 모든 식구들이 식겁해 '대체 야를 어쩐다냐!'를 주제 삼아 가족회의를 열었을까? 하지만 그 누구도 내 반항의 원인을 살펴보지는 않았다. 그리고 그 누구도 엄마 밑으로 나를 되돌려 보내야 한다는 이야기를 꺼내지 않았다. 지오가 피겨 스케이팅 선수로 한창 잘나가고 있을 때였다. 시 대회에 나가서 1등도 하고 학교 신문에도 나고 그래서 엄마 입이 귀에 걸리는 판이니 문제아인 나를 데려와서 돌볼 여유가 없었다.

그때 외숙모가 궁여지책 끝에 획기적인 대안을 내놓았다. 마당 쓸고 돈도 줍는 일석이조의 해결책이었다.

"사람을 맹그러야지요. 그거이 젤로 급한 거라예!"

담배를 훔친 아이와 같이 있었단 사실이 그토록 사람답지 않다는 증거였던 건지, 외숙모는 시종일관 '사람'을 만들어야 한다며 목청을 높였다. 외숙모가 낸 대안은 나를 근처에 기숙사가 있는 기독교 중학교에 보내는 것이었다. 예수재림교회에서 운영하는 그 학교는 신앙심으로 바른 사람을 만들자는 취지가 분명한 곳이라 더 이상 딴짓을 못할 거라며 강력하게 추천했다. 어쩌면 그곳은 모두의 기대를 충족할 만한 곳이었을지도 모른다. 누구도 나를 품고 살고자 하는 의지가 없었고, 다만 모두들 내가 '어딘가에서 잘 살고 있어 주길' 바랐으니까.

내 성적으로는 입학이 힘들지만 추천 전형이라는 것이 있어서 외숙모의 지인 덕에 입학할 수 있었다. 기숙사 안에서 학습된 신앙심으로 인내하며 조용히 찌그러져 있는 사이 집에는 여러 가지 변화가 있었다. 엄마와 외삼촌네 식구들이 그렇게 몸을 던져 애쓴 보람이 있어서인지 할머니의 연인은 떨어져 나갔고(돌연 심근경색으로 돌아가셨단다), 외삼촌은 할머니를 조금씩 세뇌시켜 급기야 그로부터 2년여 뒤 삼촌의 원대한 계획을 성사시켰다. 삼촌은 손이 많이 가는 제재소를 팔고 해안 도로변에 마주보는 쌍둥이 주유소를 세웠다. 그리고 엄마는 그중 하나의 주인이 되었다. 주유소는 거짓말처럼 돈을 벌어들였고 한동안 놀고 계시던 아빠는 출판업을 다시 시작하셨다. 하지만 지오는 피겨 스케이팅을 포기했다. 엄마는 발목 관절에 이상이 생겨서라고 했지만 지오는 한계를 느꼈다고 했다. 더 이상 용쓰고 싶지 않았다고.

그리고 그때 엄마는 내게 귀환 명령을 내렸다. 하지만 난 그때만큼은 쉽게 '오케이!'를 하지 않았다. 엄마의 소환에 단호하게

'노(no)!'를 외친 이유는 삐뚤어짐의 일환이기도 했지만 사실은 방학 때마다 지냈던 서울 집이 편하지 않았기 때문이다. 크고 좋았지만 그만큼 낯설고 생경했다.

그리고 생경한 만큼 소외감도 느껴야 했다. 스케이트를 포기하고 공부에 매진하기 시작한 지오는 여전히 숨 가쁘게 학원이며 과외를 다니느라 얼굴 구경 한번 편하게 할 시간이 없었고 엄마는 쇼핑으로 바빴으며 아빠도 새로 시작한 사업 때문에 밖에서 살다시피 했다. 게다가 집에서 일을 해 주시는 아줌마는 유독 내게만 눈에 띄게 퉁명스럽게 굴었다. 아줌마가 전화 통화 중에 나를 '가외 식구'라고 부르는 걸 들은 적이 있었는데 뭔 소리인가 해서 가외(加外)를 사전에서 찾아보니 '표준 밖, 필요 밖, 한도 밖'이라고 쓰여 있었다. 가족 구성원 중 정규 멤버가 아니라는 소리다.

밖으로 볼일이 많은 세 사람이 썰물처럼 빠져나가고 난 뒤 비정규 멤버가 아줌마와 단둘이 있으려니 무지 불편했다. 냉장고 문을 여는 것조차 눈치가 보였다. 그리고 그나마 아침저녁 시간에 엄마와 지오와 나, 이렇게 셋이 모이면 두 사람은 내가 끼어들 수 없는 이야기들을 해 댔다. 같이 지낸 시간이 적었으니 그만큼 교집합 부분이 없는 것은 당연하다.

그 외에 서울 집에는 텔레비전 채널도 수십 개여서 그것마저 당황스러웠다. 내가 익숙해질 수 없는 세계가 너무 많았다. 심지어 입고 먹고 쓰는 물건들조차 내겐 낯설었다. 그것들은 알 수 없는 메이커를 달고 있어서 사전 지식 없이는 섣불리 말을 꺼낼 수가 없었다. 청바지만 해도 외우기 힘든 브랜드명이 열댓 가지 정도는 있었고, 심지어 아이스크림까지 '베리 베리 스트로베리' 이딴 식으로 긴 이름과 수많은 종류를 갖고 있었다. 언젠가 한 번은 내가 '닐라 닐라 바닐라'라고 응용을 해서 말했다가 지오에게 얼마나 놀림을 당했던지…….

그리고 무엇보다 가장 큰 낯설음은 지오와 나 사이에 그나마 있었던 공통분모가 사라졌다는 데 있다. 이유인즉! 지오가 성형을 했기 때문이다. 덕분에 쌍둥이인 우리는 이제 전혀 닮지 않게 되었다. 쌍꺼풀 없이 긴 내 눈과 달리 지오의 눈은 동그랗고 깊게 접히는 쌍꺼풀이 생겼다. 콧대도 높아지고 이목구비가 앞으로 쏟아질듯 입체감이 있는 지오는 나와 전혀 다른 아이가 되었다. 달라진 건 지오뿐만이 아니었다. 엄마도 그랬다. 솔직히 예쁘다는 생각은 안 들었다. 미추를 따지기에 앞서 당혹감이 나를 후려치는 것 같았다. 묘한 배신감까지 뒤엉켰다.

"아니, 와 멀쩡한 얼굴들을 뜯어고친 거가?"

내 말에 엄마와 지오는 콧방귀를 뀌어 댔다. 촌스럽다는 둥 시대착오적인 발언을 한다는 둥.

이런저런 이유로 난 엄마의 귀환 명령을 거부했다. 아주 단호하게. 왕따 문제가 심각한 이즈음에 전학생이 된다는 게 쉬운 일도 아니고 무엇보다 지방 학교가 내신에 유리하기 때문에 그냥 있는 게 낫겠다는 현실적인 이유도 곁들였다. 설득력 있는 말로 골라서 했는데도 엄마는 화를 냈다.

"얘! 구더기 무서워서 장 못 담그니?"

왕따가 얼마나 무서운 구더기인지 엄마는 모르나 보다. 더더욱 집안에서의 왕따는 거의 죽음인데도 말이다.

일은 계속 이어졌다. 그렇게 고등학교를 입학하고 난 얼마 뒤 엄마아빠가 이혼을 하셨다. 지오가 전화로 내게 말해 주었다. 그 어떤 감정도 싣지 않은 채 사실만 덤덤하게 전했다. 아빠가 트렁크를 들고 나가셨다고. 같이 살지 않는 나로서는 뭐라고 더 물을 말도 없었다.

'이런, 정규 멤버가 하나 줄었군!'

솔직하게 말하자면 나 역시 감정의 동요가 별로 없었다. 그냥 부모님은 원래 그 위치에 세트로 세팅되어 있는 것이라고 생각했다. 그런데 그게 깨질 수도 있는 거구나 정도로만 생각이 되었다. 그 정도로 내 감정이 메말라 있었던 걸까? 아니면 일종의 보복 같은 느낌일 수도 있었다. 내가 겪는 부당함, 그 억울한 마음에서 비롯된 보복. 나 아닌 모든 것들에 대한 보복 말이다.

그랬는데 며칠 뒤 학교 앞으로 아빠가 찾아왔다. 하지만 특별히

새롭게 알게 된 사실은 하나도 없다. 아빠가 갈비탕을 먹을 때 당면을 건져 놓는다는 것 말고는. 다만 '미안하다'는 말과 함께 '공부 열심히 해서 대학은 꼭 서울로 가라'고 이야기하다가 급선회해서 '어디 사는 건 그다지 중요한 건 아닌 것 같다'로 끝났다. 그러고는 터미널에서 차를 타기 직전에 아빠는 강원도 정선 쪽 시골로 내려가서 농사를 지을 것이라고 말했다. 그 이야기가 마치 '앞으로 날 찾을 생각은 마라'는 얘기로 들려 약속했다. 아빠가 전에 나한테 '나 하나 참아서 여러 사람 편해지는 게 남는 장사'라고 했던 얘기가 불현듯 떠올랐지만 입 밖으로 내지는 않았다. 남는 장사에는 역시 별로 뜻이 없는 분인 것 같아서였다.

그리고…… 나쁜 일은 줄지어 일어난다던가? 몇 달 뒤 엄마와 외삼촌이 교통사고로 돌아가셨다. 시골길 국도에서 트럭을 추월하려고 갑자기 중앙선을 넘은 버스와 정면충돌을 했단다. 두 분은 도저히 실제 상황이라고 믿어지지 않을 만큼 간단하게 무대 위에서 사라졌다. 너무나 어이없는 일이 내게도 일어날 수 있다는 사실에 진짜 어이가 없었다. 오죽하면 어이가 뭔지 검색을 해 봤고 그게 '어처구니'란 말을 뜻하며 어처구니는 맷돌의 손잡이라는 사실도 처음 알았다. 어처구니가 없이는 맷돌이 돌아가지 않는다고 해서 나온 말이라고? 처음엔 '뭔 소리야.' 했는데 나중에는 그게 정말 적절한 표현이라는 걸 깨달았다.

두 분이 그렇게 간단하게 사라진 것과 달리 살아남은 우리에게 닥친 여파는 무척 컸다. 일단 두 분이 우리 집안의 대표 밥줄이었으니까. 아빠 한 명만 조용히 사라진 이혼과는 달리 우리 가족의 삶의 패턴이 통째로 변화되어야만 했다. 손잡이가 없는, 거대하고도 육중한 맷돌 같은 버거운 삶이 우리들 앞에 떡하니 버티고 있었다. 맷돌이 우릴 보며 약 올리는 것 같았다.

'어처구니 없지롱?'

유가 상승과 주변에 생긴 셀프 주유소 때문에 주유소의 매출이 줄자 엄마와 삼촌은 서둘러 주유소를 팔아 외삼촌의 고등학교 동창이 한다는 리조트 개발 사업에 투자하셨다. 그러고는 곧 개장할 그곳에 들락거리시느라 바빴는데 그날도 그곳에 다녀오다가 사고를 당하신 것이다. 결과적으로 두 분은 그 리조트에 전 재산을 투자하고 목숨까지 바친 셈이 되었건만 리조트 사업은 영 신통치가 않았다. 인근 주민의 민원으로 허가가 나지 않아 개장도 못하고 차일피일하는 바람에 우리는 생계가 어려워졌다. 하여 외숙모는 특단의 조치를 내렸다.

할머니는 지오를 부산으로 불러 내리자고 했지만 외숙모의 생각은 달랐다. 어차피 하나 남은 아들 경배의 교육을 위해 외숙모는 서울로 가자고 고집했다. 이제는 집안의 대표 주자가 된 외숙모의 생각을 거스를 힘이 없는 할머니는 그 의견을 조용히 따라야만 했다. 하지만 외숙모와의 의견 대립은 그게 끝이 아니었다. 넓은 서울 아파트에 남은 가족들이 옹기종기 모여 사는 것을 상상한 우리와 달리 외숙모는 과감하게 반으로 쪼개서 흩어져 살자고 했다.

"톡 까놓고 말해 남편도 없는 마당에 시어머니와 거기에 시누이 자식들까지 델꼬 우에 삽니까. 자신 없습니더."

그 말에 할머니는 처음에는 놀라시는 눈치였는데 곧이어 쿨하게 받아들였다.

"살다가 험한 꼴 보며 찢어지는 것 보담야 애초에 갈라서는 게 백 배 낫제."

급매물로 내놓은 집이 팔리자 외숙모는 부산 집이 팔리거나 리조트가 개장할 때까지는 생활비가 들어올 구멍이 전혀 없으니 주거비를 최소한으로 줄이자고 했다. 그래서 이것저것 떼고 나니 우리에게는 결국 학교 앞에 새로 분양한 오피스텔 전세자금 정도만 남았다. 그리고 난 선택의 여지없이 지오네 학교로 전학을 오게 된 것이다.

일이 이렇게 진행될 때까지 아빠는 전혀 개입하지 않았다. 이혼한 남편이기 때문이라는 입장도 있지만 그보다는 개입할 처지가 못 되어서라는 것을 나중에야 알았다. 강원도 산골의 아빠에게는 임신한 새 부인이 있었고 또 표고버섯 종균들이 접종된 참나무로 가득한 비닐하우스가 세 동 있었다. 모두 아빠의 사랑과 지대한 관심이 필요한 것들이었다. 그러니 우리에게 나눠 줄 관심의 여분은 눈곱만큼도 없었다.

그래도 서울로 올라온 뒤 보고하는 차원에서 아빠에게 전화를 걸었다. 전화를 받은 아빠의 새 부인은 아빠가 비닐하우스에 계신다며 잠시만 기다리라더니 그 뒤로는 감감 무소식이었다. 기다릴 만큼 기다리다가 그냥 끊어 버렸다. 곧 다시 전화가 오겠지 했는데 오지 않았다. 내 쪽에서 다시 해 볼까도 생각했지만 관뒀다. 아빠 폰에 내 번호가 선명한 흔적으로 남아 있을 텐데 아무 대답이 없는 건 '별로 통화하고 싶지 않다'는 아빠의 의사 표현이라는 생각이 들었기 때문이다. 그래서 할머니가 아빠 하고 통화했느냐고 물으셨을 때 난 거짓말을 했다.

"깜빡했네!"

아빠가 우리를 모른 척한다는 사실이 너무 창피해서 그냥 그 사실 자체를 덮어 버리고 싶었다.

그런데 지금 생각하니 그건 창피해야 할 일이 아니라 분노를 했어야 할 일이다. 이제야 그런 생각이 든다. 그때 난 분노를 했어야 한다. 아빠에게 전화해 화를 내고 따졌어야 했다. '무슨 아빠가 그래?', '세상에 이런 법이 어딨어?'라고 철저하게 분노하고 그 분노가 빚어내는 열기를 에너지 삼아 대놓고 삐뚤어졌어야 했다.

창조하기 위해서는 우선 파괴해야 한다고 누가 그랬다고 한다. 고로 나의 삐뚤어짐은 성장의 전조다. 예전의 삐뚤어짐이 엇나감이었다면 이제 나의 삐뚤어짐은 존재의 외침에 부응하는 건강한 파격이다.

'난 삐뚤어져야 한다! 그게 마땅한 일이다.'

My turn!

짜장의 보컬인 기준이가 성대 결절로 연습조차 버거운 지경이 되자 선집은 냉정하게 보컬 교체를 주장했다. 그러고는 대타로 나를 지목했다. 하지만 아이들은 반대했다.

"뭐야! 그건 좀 오버다!"

"아무리 우리 밴드 이름이 짜장이라도 그렇지, 아무나 막 볶어 비비니?"

"굴러온 돌이 옆차기 하네!"

짜장의 시다바리 정도로만 쓰려던 애가 이제 노래까지 한다고 깝죽대는 게 처음에는 영 못마땅했으리라. 하지만 며칠 뒤 아이들은 내게 급 호의를 보이기 시작했다. '아무나'이고 '굴러온 돌'이었던 나에게 대접을 하기 시작한 이유는 기준이 완전히 나가떨어졌기 때문이다.

기준은 책임감 때문에라도 반드시 하겠다고 우겼다. 공연도 얼마 남지 않은 터라 손을 놓는다는 건 정말 무책임한 일이니까. 하지만 어느 날 기준의 엄마가 노크도 없이 연습실로 뛰어 들어왔다.

“스펙에 도움되는 것도 아니고 시답잖은 공연에 온전치도 못한 목을 쓰는 건 오백 원짜리만도 못한 호기거든!”

이렇게 우리의 공연 자체를 비하하면서 유치원생 아들을 끌고 가듯 데리고 나갔다. 꿩 대신 닭이라고 덕분에 나는 보컬이 되었다.

보컬로서 노래하는 시간은 내게 황홀함 그 자체였다. 칠흑 같은 어둠 속에서 내가 선 자리에만 환한 빛이 내리쏘아지는 듯한 느낌이랄까? 우주의 중심이 된 것 같은 뿌듯함에 배가 고픈 줄도 몰랐고, 거울 속 내 모습을 보면 어딘가에서 빛이 나는 것처럼 보일 때도 있었다. 반짝반짝!

하지만 그런 만큼 불안함도 있었다. 잘해야 한다는 강박감과 잘하고 싶다는 욕심이 쌍곡선을 이뤄서 내 목을 조였고 반 수면 상태로 밤새 잠을 설치곤 했다. 그런 다음 날 아침이면 수면 부족으로 온몸의 수분이 빠져나가 몸이 한결 가벼워진 것 같았다. 아닌 게 아니라 실제로 몸무게가 2킬로그램이나 증발했다.

그러던 어느 날, 실종된 내 몸무게가 음악에 대한 내 의욕 때문만이 아닌 것을 알게 되었다. 거울 앞에 서서 한결 날씬해진 내 모습을 보며 자백에 빠져 있다가 깨달았다. 교태 섞인 표정까지 지어 보이는 내 자신과 거울 속에서 마주치는 순간! 깨닫고 말았다.

'이런!'

선집이가 남자로 보이기 시작했다. 그렇다고 그 애가 내게 남성으로서의 매력을 어필할 만한 일을 한 것은 아니다. 우리 사이에는 아무 일도 없었다. 여자애들 중 누구는 선집의 턱선이 섹시하다는 둥, 양미간 사이로 잡히는 주름이 그렇다는 둥, 혹자는 선집이가 호탕하게 웃을 때 튀어나오는 첫음절의 톤이 매력적이라는 둥, 이런저런 이야기를 했지만 난 그런 생각조차 해 본 적이 절대 없다. 차라리 기타줄 위에서 현란하게 움직이는 그 애의 긴 손가락을 보면서 가스레인지 불 위에 놓인 오징어의 몸부림이 연상되어 징그럽다는 생각은 한 적이 있다. 그게 전부였는데…….

왜 갑자기 그 애를 향해 내 마음이 끓기 시작한 걸까? 한순간에 눈이 먼, 아찔한 감정도 아니다. 갑자기가 아니라 오래전부터 뭉근하게 천천히 나를 덥혀 온 것 같다. 어쩌면 그간 내 안에 차곡차곡 쌓인 걸 내가 미처 깨닫지 못하고 있다가 선집의 그 말 한마디에 비로소 알게 된 것인지도 모르겠다.

"지오를 만나게 해 줘!"

어느 날 녀석이 대들 듯 내게 말했다. 처음에는 그냥 하는 말이라고 생각해 가볍게 받았다.

"만나지 마! 걔 까칠해."

"까칠하면 어때?"

"어떻긴! 걔 진짜 짜증 난다니까!"

"설마!"

"설마라니? 자뻑이 거의 병적이야."

"원래 예쁜 애들은 그럴 수밖에 없어. 그건 뻑이 아니라 사실이니까."

"헐! 걔 우리 반 왕따인 거 몰라?"

"그러니까 나라도 놀아 줘야지."

"안 그래도 살기 힘든 세상, 뭐하러 그딴 일을 해? 친구로서 말리고 싶어."

이쯤에서 이야기는 끝이 날 거라고 생각했다. 남자애들은 더러 여자애들 이야기를 놀이 삼아 즐기는 게 거의 본능이자 습관이니까. 기준이는 자신이 구운몽의 주인공이 되어서 팔선녀로 누구를 뽑을까 고심하는 것이 취미 생활이랬다. 헌데 놈은 농담이 아니었다. 거의 생떼를 쓰는 아들 모드로 집요하게 내게 달려들었다.

"왜 안 돼? 어차피 걔랑 나랑은 아는 사이야."

"어떻게 너랑 안다고 할 수 있어? 네가 아는 지오는 우리가 만든 지오지, 걔가 아니거든!"

"아니긴 뭐가 아니야? 걔를 두고 내가 나름 상상의 나래를 좀 폈다 뿐이지, 걔는 개인 게 맞지!"

내가 굳이 '우리가 만든'이라는 표현을 썼는데도 놈은 일부러 '우리'에서 벗어났다. 우리의 '우리'가 그렇게 허약한 거였나? 내가 '지오 세이'를 빌어 그토록 많은 것을 전수했건만 대체 그 시간 안에서 왜 나를 빼려는 건지 이해가 안 간다. 마치 나를 빼고 지오와 자기, 단둘만의 의미를 부각시키려는 것 같아 야속해진다.

"걔는 네가 아는 지오가 아니라니까!"

"됐어. 내가 아는 지오는 아니라도 이제부터 내가 알고 싶은 지오면 돼!"

어휴! 쪼다! 내가 말하는 '네가 아는 지오'가 곧 '나'란 이야기를 재는 정녕 눈치 못 챈단 말인가? 자괴감이 밀려드는 가운데 나는 다시 한 번 강조한다.

"암튼 걔는 안 돼!"

이렇게까지 내가 우길 때에는 한 번쯤 '어? 얘가 왜 이러지?'라고 생각해 봐야 하는 것 아닐까? 하지만 내 마음을 헤아리는 데에는 별 뜻이 없어 보였다.

"네가 뭔데? 좋아! 승미한테 얘기해 보지, 뭐! 같은 반이라며."

그러고는 메롱! 하는 표정을 지어 보이고 간다. 나쁜 놈!

'네가 뭔데?'라는 선집의 말은 생각보다 여파가 컸다. 이명처럼 귀에 남아 나를 자극했다.

'맞다! 선집이 말대로 난 그 애에게 아무것도 아니다. 하지만 이젠…… 그 무엇이고 싶다.'

'선집에게 무엇이고 싶다.'라는 욕구가 어찌나 강하던지 달달한 수면의 욕구까지도 일순간에 다 제거해 버렸다. 깊은 밤에도 오히려 머릿속은 더 명료해졌고 온몸의 세포들은 기립한 채 긴장을 풀지 못했다. 살면서 처음 만나 본 생뚱맞은 욕구였다. 근거 없는 적개심이 내 안에서 마구 솟구치는데 최소한의 죄책감도 생기지 않을 정도였다.

당연 그 적개심의 대상은 지오다. 단지 선집이 지오를 거론했다는 그 이유 하나만으로도 지오는 이제 나에게 공공연한 적이 되었다. 지오는 내게서 내 과거를 훔쳐가려 하고 있다. '지오 세이 시절'을 송두리째 훔쳐가려는 도둑이다. 정작 그 시절에 지오의 이름을 빌려 쓴 사람이 나였음에도 불구하고 사실은 내게 별로 중요한 게 아니었다. 지오는 나쁜 계집애다.

그러므로 내 과거를 지키기 위해 나는 승미를 동원하기로 했다.

"혹시 선집이가 너한테 뭔 부탁 안 하디?"

선집이란 이름만으로도 승미는 내 이야기에 집중했고 자초지종을 듣고 난 뒤에는 성마른 표정이 되었다. 하지만 말로는 쿨한 척 딴청이다.

"그래? 그래서 어쩌라구?"

"얘는…… 어쩌긴? 원천봉쇄를 해야지. 난 싫어! 지오 걔가 우리 짜장 멤버하고 사귄다는 것도 싫고…… 만약 둘이 사귀게 되면 아마 결국 걔가 여기 물도 흐릴걸. 모르긴 해도 지오가 선집이에게 그깟 밴드 때려치우라고 할지도 몰라! 걘 그런 스타일이야. 지 맘대로 들었다 놨다 한다구."

짜장을 위해 그 일을 막자는 명분 앞에 승미는 아주 만족해하는 표정을 지었다. 자신도 질투심 때문에 지오를 차단하는 것처럼 보이기는 싫었을 테니까. 하지만 우리 둘 다 바보가 아니었고 그런 명분이 어처구니없는 것임을 모르지 않았다. 그래도 우리 둘은 완벽하게 바보인 척하며 대의명분을 위해 그 일을 하자고 손을 잡았다.

이로써 승미는 자연스럽게 내 편이 되었다. 그리고 승미의 꼬붕인 희주와 미원이도 자연스럽게 건너왔다. 나를 중심으로 서로에게 호의적이 된 우리는 여름 방학을 맞이해 연습 시간을 대폭 늘렸다. 짜장끼리만 단단하게 뭉쳐 지낼 작정으로. 오디션 프로그램을 준비하자며 새로운 창작곡도 받아 왔고 더불어 연습의 강도를 높여서 그 누구도 한눈팔 시간이 없게 만들었다. 그러면서 아이들은 사이사이 무심결에 지오에 관한 안 좋은 이야기를 흘렸다.

"걔 있잖아, 우리 반 왕따."

"누구? 아! 지오? 하여간 재수탱이야."

"쉿! 은오 듣겠다!"

물론 철저하게 의도된 일이었고 이렇게 우연을 가장한 해프닝 중에는 다소 작위적인 면이 없지 않았지만 그럼에도 불구하고 그런 일에 능한 애들이어서 표정 연기가 정말 자연스러웠다. 다들 노래보다 연기 쪽에 더 적합한 게 아닐까 싶을 정도였다.

나는 노래를 하는 동안만큼은 여전히 행복했다. 무아지경에 빠진 듯 정말 쫀득쫀득한 행복을 맛볼 수 있는 시간이었다. 게다가 사랑 노래 가사에 내 맘을 얹어 뽑아내는 소리는 이전의 것과 사뭇 달랐다. 아마도 선집을 떠올리면서 노래를 해서인가 보다. 기타를 치는 선집은 늘 내 뒤에 있지만 내 안에도 있고 벽면 유리 속에도 있고…… 그 애가 없는 곳은 아무 데도 없었다. 그래서일까? 이즈음 내 안의 감정은 농도 짙은 무엇처럼 늘 진득하게 흘렀다. 묘한 기분이었다. 인간의 감정이 그토록 많은 것을 변화시킬 수 있다니…….

연습을 마치고 집으로 돌아가는 밤길의 공기에는 늘 야릇한 향기가 번져 있다. 난 그게 내 안에서 나오는 것이라는 걸 안다. 뭔가를 이룬 자에게서 나오는 향기, 내가 피운 꽃이 열매가 되기 위해 뒤트는 몸부림, 그것들의 향기이리라. 아! 용의 그림에 눈동자를 찍음으로써 그림이 살아 움직이게 된다는 화룡점정(畵龍點睛)의 의미가 실감이 났다. 무채색의 내 삶이 서서히 채색이 되어 가는 느낌이었다.

그렇게 평화롭게 세상은 계속 굴러가리라고 믿었는데……. 물론 살면서 문제가 없을 수 없겠지만 적어도 당분간은 평화로우리라 생각했다. 왜냐하면 그동안 난 너무 많은 일을 겪었으니까. 내 몫으로 할당된 시련은 이제 다 끝났을 것이라며 안도감마저 갖고 있었다.

헌데 어느 날 집에 돌아오니 외숙모가 거실에 두 다리를 쫙 뻗고 주저앉아 눈물 바람을 하고 있었다. 손에 쥔 광목 손수건이 어찌나 누렇고 후줄근하던지 그 모습을 보고 있는 것만으로도 충분히 비극적이었다.

"인자 다 끝나 부렀다 아이가! 우에 사노?"

외숙모 왈, 엄마와 외삼촌이 투자했다던 그 리조트가 최근 로비층이 무너지면서 지방 신문사들이 부실 건설 문제 기사를 크게 때렸다고 한다. 그 바람에 투자자들이 난리를 치고 그런 식으로 악순환이 계속되었고, 아무튼 결론적으로 망했단다. 엄마와 외삼촌을 투자하도록 인도한 동창인가 하는 사람은 어디론가 튀었고 재산의 대부분을 그쪽에 밀어 넣은 외삼촌네와 우리는 졸지에 알거지가 되었다는 것이다. 그동안 리조트가 개장하기만 하면 우리 모두에게 화창한 봄날이 올 것이라는 기대감이 있었는데 그게 다 끝났다는 이야기였다. 닌 실용음악학원에 다니려고 했는데…….

'설마!'

믿기지 않아 눈만 껌뻑이는 나에게 외숙모는 확인 사살을 했다.

"야야, 은오야! 인자 우린 다 길로 나앉게 생겼다 아이가!"

또다시 '설마' 소리가 입 안에 고인다. 그도 그럴 것이 맨날 할머니가 입버릇처럼 걱정하던 일이 지금 실현되고 있기 때문이다. 할머니는 틈만 나면 잔소리 끝에 말했다.

'경배 어멈을 우에 믿나! 잘몬하면 니들 거지된다.'

처음에는 할머니의 말이 우리에게 위기의식을 주기 위한 교육용이라고 생각했다. 헝그리 정신 강화 교육의 일환이랄까? 그 말 끝에는 세트 메뉴처럼 따라붙는 말도 있었다.

'니 아빠는 핫바지라, 니들이 정신 바짝 안 차리모 길로 나앉는다 아이가!'

아빠가 핫바지인 것은 확인된 사실이므로 앞말도 어느 정도는 신빙성이 있으리라 생각했다. 실제로 의심 가는 예도 많았다. 서울에 입성한 외숙모는 그 어느 때보다 신이 나 보였다. 외숙모가 경배(敬拜)하는 경배에게 양질의 교육을 시킬 수 있게 되었다고 좋아하며 강남의 내로라하는 유명 학원부터 등록했다. 그리고 외숙모 본인 말로는 짝퉁이라고 강조했지만 결코 짝퉁으로 안 보이는 고가의 백을 들고 다니는 걸 여러 번 목격했다. 아마 그래서 내 입 속에서 '설마'라는 말이 맴돌았을 것이다.

내가 '설마'라는 말만 입 속에서 굴리고 있었던 것과 달리 지오의 반응은 달랐다. 꼬치꼬치 따졌다. 무슨 구제책이 있지 않겠느냐, 설마 이렇게 가만히 당하고 마는 게 우리가 할 일의 전부이겠냐, 우리 엄마가 투자한 금액이 얼마냐, 그럼 앞으로 우리는 어떻게 되는 것이냐…… 등등. 외숙모는 나름 대답을 했지만 외숙모도 별로 아는 바가 없는 것인지 얼버무리는 대목이 많았다. 그러고는 변호사를 사서 일을 해결 중이니 기다려 보라고만 했다. 그리고 그런 식으로 따져 묻는 게 마치 사람을 의심하는 것처럼 들려서 기분이 나쁘다며, 완전 섭섭하다고 지오를 째려보았다.

외숙모는 갑자기 자세를 가다듬고 옆머리를 귀 뒤로 단정하게 넘기며 목청까지 가다듬더니 진지하게 서두를 꺼냈다.

"그라서……."

지금까지의 통곡은 본론을 위한 전야제에 불과했다.

"둘은 몬한다."

내용인즉 '상황이 이렇게 되었으니 이제 우리 형편에 너희를 대학 보내는 것은 불가능하다, 그러니 더 늦기 전에 하나는 취업을 준비하라는 이야기'였다.

"가도 몬할 대학 간다꼬 괜한 헛발질하지 말고! 아까분 시간 애껴서 이제라도 먹고살 궁리를 해야 안 하겠나? 돈 나올 구녁이 오데 하나나 있나? 글타고 나이 드신 할매가 나가 벌 수도 없는 기고…….”

그 이야기를 하면서 외숙모는 나를 바라본다. 바라보기만 할 뿐인데도 그 눈빛은 많은 말을 하고 있어서 난 눈을 부라렸다. 부라린 눈에 눈물이 고였다.

“와! 와! 나를 보는데요?”

거친 억양의 내 말에 외숙모는 움찔한다.

“네 언제 니를 봤나카나! 야가 생사람 잡네! 암튼 내는 모른다. 니 둘이 갈라 뽕을 하든 의자 빼기를 하든 뭘로든 결정해서 해라. 암튼 둘은 몬한다.”

지오나 할머니나 그 누구도 포기해야 할 사람이 나라고 말하는 사람은 없었지만 모두들 나를 지목하고 있는 게 보인다. 나를 향해 그려진 세 개의 화살표가 내 숨통을 조이는 기분이었다. 다만 먼젓번에 내가 발칵 화를 냈던 이력 때문인지 할머니도, 지오도 별소리 없이 딴청만 하고 있다.

난 벌떡 일어나 큰 소리로 외쳤다.

“마이 턴(My turn)! 마이 턴이라꼬! 알아듣나? 인자 내 차례라꼬!”

웬 뜬금없는 말이냐는 표정으로 세 사람이 나를 바라본다. 충분히 주목받았다고 생각한 나는 힘주어 말하기 시작했다.

“내 목숨을 걸고 말하는 건데! 난 갈라 뽕도, 의자 빼기도 안 할 거고 난 절대로 포기 안 한다. 왜 또 내가 양보를 해야 하는데? 인제 난 암것도 포기 안 해! 이제 내 차례야. 내 차례라고!"

그리고 내 자신에게 세뇌라도 하듯 반복해서 중얼거렸다.

"이번엔 내 차례야!"

이렇게라도 하지 않으면 자연스럽게 밀려서 금 밖으로 나갈 것이다. 어릴 적에 그랬듯이. 그러므로 난 내 자리를 사수해야겠다는 의지로 외쳤다.

"마이 턴!"

그때였다. 지오가 갑자기 식탁 위에 엎드려 큰 소리로 울기 시작했다.

"그럼 난 어떡하라구! 이번 방학 때 특강도 듣고 논술도 해야 하는데 어쩌란 소리야!"

그러자 할머니가 지오의 어깨를 토닥이며 달래기 시작했다.

"걱정 마라. 특강비야 할매 반지라도 팔아가 마련해 주께."

그리고 뒤이어 이어지는 외숙모의 훈수.

"하기야 드가기만 드가면 학자금 융자도 있다카던데…… 공부만 잘하면야 뭐가 걱정이고?"

순간 '저 사람들 눈엔 내가 안 보이는 건가?'라는 생각이 들어 장식장 유리에 나를 비춰 봤다. 어쩜 저렇게 나를 철저하게 배제한 대화를 나눌 수 있는 건지……. 난 너무도 기가 막혀 다시 한

번 큰 소리로 외쳤다.

"안 들려? 이젠 내 차례라구!"

하지만 내 목소리 못지않게 볼륨이 커진 지오의 울음소리에 내 외침은 또 한 번 자연스럽게 묻혔다.

어이없고 기막히고 허탈하기까지 했다. 늘 나를 열외로 두는 데 익숙해진 저들은 또다시 아무렇지 않게 나를 열외로 밀어 두었다. 고로 내가 열외가 아니란 것을 알려 주는 방법은 한 가지뿐이라는 생각이 들었다. 사라지는 것이다. 그렇게 되면 비로소 나의 부재를 깨닫게 되리라.

'두고 봐라!'

바닥을 치고 올라서는 법

방법은 한 가지다. 그들의 행렬에서 이탈해 그들이 눈을 까뒤집고 나를 찾게 만드는 것, 그것뿐이다. 흔히들 '가출'이라고 말하는 그것. 의도한 바가 있어 밖에서 뭔가를 하기 위한 가출도 있겠지만 내 경우 가출의 의미는 '얘가 왜 그럴까?'를 환기시키고자 하는 것이다. 일종의 충격 요법으로 문제가 뭔지 모르는 사람들에게 필요한 방법이다.

하지만 생각보다 사라진다는 게 쉽지가 않다. 몸을 작게 해서 집 어딘가에 숨을 수 있다면 아주 편할 텐데 그건 현실 불가능한 것이니 결국 어디로든 가야 한다. 쉽게 들키지 않을 그런 곳으로, 즉 그들이 예측하기 불가능한 곳으로 가야 한다. 그러나 문제는 그런 곳은 나 역시 예측 불가능하다는 점이다. 그들이 모르는 곳을 내가 알 리 없다.

아는 바가 없으니 예측은커녕 상상조차 할 수 없는 형편이었다. 하는 수 없이 터미널 매표소 앞에 서서 끝도 없이 길게 내려 적힌 도시들의 이름을 훑어봤지만 의외로 내가 아는 곳이 없었다. 눈에 익은 도시가 있긴 하지만 그 도시에 대해 아는 것이라고는 초딩 때 배운 지역별 특산물 정도? 그 정도의 인연으로 할 수 있는 일은 아무것도 없다.

결국 부산행 표를 끊었다. 부산은 내 어린 시절의 유배지였으므로 그곳으로 다시 간다는 것은 자존심 상하는 일이었지만 난 지금 자발적 유배를 가는 중이므로 어쩌면 그곳이 필연적인 귀착지일 수도 있다. 이곳저곳 새로운 도시에 유배지란 이름을 부려 놓고 싶지는 않으니까.

고속버스의 창가 좌석에 앉아 꺼 놓았던 핸드폰을 잠시 켰다. 그러자 막혔던 길이 뚫린 것처럼 문자 메시지와 카톡이 한꺼번에 밀려들었다. 궁금했지만 메시지들을 확인하지 않았다. 메시지를 열어 보면 난 이 길을 떠나지 못할 것이다. 할머니의 목멘 소리에 마음이 심란해질 것이고 떼로 덤빌 짜장 멤버들의 비난과 질타에 좌불안석이 될 것이며 혹여 선집이 '만나자'는 내용이라도 보냈다면 나도 모르게 '콜!'을 하게 될지도 모른다. 그리고 마지막으로 아무 연락조차 안 했을 지오를 떠올리며 분노할 것이다.

'나쁜 기집애, 이게 다 너 때문이라구!'

마음의 평정을 잃고 싶지 않아 핸드폰을 다시 꺼 버렸다.

"엄마, 엄마!"

뒷좌석 꼬마애가 자기 엄마를 연거푸 불러 댄다. 창밖을 보며 조잘대는 아이는 짧은 문장의 사이사이마다 '엄마, 엄마' 소리를 추임새처럼 끼워 넣었다. 습관인가 본데 내게는 마치 자랑질로 들린다. 그 소리를 계속 듣고 있자니 갑자기 안에서 뜨거운 것이 왈칵하고 치밀어 올랐다. 어릴 적부터 늘 그랬다. 아이들이 자기 엄마 이야기를 하면 나의 아킬레스건이 툭툭 건드려지는 듯한 느낌이 들었다.

그래서일까? 아이의 '엄마' 소리에 갑자기 눈물이 후드득 떨어져 청바지를 적셨다. 정말 예기치 않던 일이다. 난 입을 틀어막고 울음을 삼켰다. 하지만 주둥이를 막은 수도꼭지 사이로 어떻게든 비집고 나오는 수돗물처럼 울음은 줄기차게 번졌다. 입을 막으니 어깨가 들썩였다. 그렇게 얼마를 울었는지 모르겠다.

헐거운 걸쇠를 걷어 내고 도망쳐 나온 울음이었다. 난 예기치 않은 것이라 생각했지만 어찌 보면 당연한 수순이었을지도 모른다. 이미 오래전부터 걸쇠가 들먹들먹거렸으니…….

창졸간에 엄마와 삼촌을 잃은 우리 가족은 한동안 다들 넋을 잃었다. 이틀 밤낮을 꼬박 잠만 자는 지오와 혼절하듯 누워 계시는 할머니 그리고 덩치에 안 어울리게 계속 눈물만 짜고 있는 외숙모. 하지만 난 달랐다. 밥도 잘 먹고 집 청소도 하고 경배도 봐주고 문상 오신 분들의 명부를 정리하는 것도 했다.

"그래도 큰 딸이라고 다르네." 하면서 칭찬하시는 친척분들 이야기에 고무되어서가 아니었다. 진짜로 큰딸 노릇을 할 계획이 있어서도 아니었고 '나라도 정신 차려야지.' 하는 책임감이나 사명감 때문은 더더욱 아니었다.

왜냐하면 난 엄마의 죽음 앞에서 아무렇지도 않기로 작정을 했기 때문이다. 그건 적개심의 또 다른 표현이었다. 엄마, 내게 진 빚을 아직 하나도 갚지 못한 사람인데 그렇게 줄행랑을 치듯 사라진 엄마가 도저히 용서가 안 되었다. 그래서 난 작정을 했다. 엄마의 죽음 앞에서 초연하기로.

'난 암시롱치도 않네!' 하며 엄마한테 보여 주고 싶었다.

'난 여전히 암 오케이라카이!'

하지만 무너지는 순간순간이 있었다. 아무리 '암 오케이!'를 5만 번 외쳐도 그런 순간은 꼭 왔다. 내가 아무리 작정을 하고 눈을 부라리고 있어도 그냥 단숨에 확 나를 덮치는 질기디 질긴 막막함. 그럴 땐 올무에 갇힌 짐승처럼 꼼짝없이 가만있어야 했다. 그 순간들이 모여 힘을 합쳐 오늘 드디어 결쇠를 연 것이다. 저 꼬마의 습관적인 외침이 빌미가 되어.

엄마는 내게 정리할 빚이 있다. 엄마는 살아생전 내게 말했어야 했다. '너를 떼어 놓아서 미안해!'라고. 그리고 왜 하필 나를 떼어 놓은 건지도 설명했어야 한다. 굳이 살가운 엄마가 아니더라도, 그냥 곁에 있어 주기만 했더라도 난 엄마의 온기를 전해 받을 수 있었을 것이다. 그러므로 엄마는 나를 내팽개친 사실에 대해 사과를 했어야 한다. 아니, 사과를 못할 양이면 두고두고 살면서 내 투정이라도 받았어야 한다. 그리하여 내 안에 절대 채워지지 않는 엄마라는 메마른 허기에 약간의 습기라도 보탰어야 한다.

전에…… 언제인지 구체적으로 기억은 안 나지만 할머니네 집에 살 때 어느 토요일 방바닥에 누워 천장을 보면서 이런 생각을 한 적이 있다.

'난 지금은 방전된 무엇마냥 이렇게 살고 있지만 언젠가 콘센트에 플러그를 꽂아 전류가 흐르듯이……. 언젠간…… 난 괜찮아질 거야.'

그리고 막연하게나마 그 언젠가를 엄마에게 돌아갈 즈음이라고 생각했던 것 같다. 그런데 이젠 돌아갈 곳이 없다. 내게 남은 것이라고는 자가발전으로 인한 충전뿐이다. 근데 그게 쉽지가 않다. 그래서 화가 난다. 그래서 지오가 더 밉다.

엄마가 돌아가시고 얼마 뒤 중간고사가 있었을 때 지오는 독서

실에서 날밤을 새며 공부를 하더니 반에서 1등을 했다. 그 결과에 대해 학교 샘들이나 할머니나 외숙모 등 입이 있는 사람들은 모두 침이 마르도록 칭찬했다. 하지만 난 그게 죽도록 얄미웠다. 얄미워 미칠 것 같아 나도 모르게 비아냥거렸다.

"넌 공부가 되디?"

"그럼 죽니?"

탱글탱글한 삶의 의지가 볼따구니 가득 들어 있는 듯한 표정으로 내가 보낸 비아냥을 반사했다. 그것들에 눈이 부셔 난 풀이 팍 죽어야 했다.

처음에 초연한 척했던 것과 달리 시간이 지날수록 난 힘들어졌다. 낯선 서울에서의 학교생활에 적응하는 게 힘들어서가 아니었다. 서울에 왔음에도 불구하고 엄마가 없다는 그 결핍감이 나를 힘들게 했다. 솔직히 난 엄마가 그리웠다. 미치게 그리웠다. 부산에서 떨어져 살면서 자주 보고 살던 엄마도 아니었건만 이상하게도 사무치게 그리웠다. 앞으로 영영 엄마를 못 본다는 사실이 주먹질이 되어 내 가슴을 치곤 한다. 무슨 조홧속인가 싶다. 엄마랑 같이 살면서 엄마의 온갖 배려와 시중을 받아 가며 살던 지오는 정작 저렇게 여전히 우아한데 난 그것도 아니었으면서, 잡초처럼 살았으면서 여전히 엄마를 그리워한다. 지오가 물병에 물을 다 채워 더 이상 갈급한 게 없는 처지라면 난 늘 빈 통을 덜컹거리며 살아야 하기 때문이리라.

그래서 지오가 잘 살고 있는 것을 볼 때마다 화가 난다. 그리고 지오한테 화가 날 때마다 죽고 없는 엄마한테까지 화가 난다. 말도 안 되는 소리지만 둘이 짜고 나를 골탕 먹인다는 생각도 든다. 하긴, 죽어 없어진다는 건 이곳에 남은 사람들을 약 올리는 일이다. 링 위에서 사라진 선수를 향해 주먹질을 하려니 김이 빠진다.

'우 씨!'

한참을 울고 나서 정신을 차리니 건너편 옆 좌석의 아줌마가 넋을 놓은 채 나를 바라보고 있었다. 아줌마 눈에 고인 눈물이 부담스러워 난 급히 표정을 추슬렀다.

헐! 졸지에 안락한 피신처가 생겼다. 덕분에 금세 포기하고 백기 들고 집으로 들어가는 쪽팔리는 일은 면할 수 있게 되었다. 사실 충분히 그럴 가능성이 있었던 행보였다. 돈이라고는 지오 특강비로 주겠다던 할머니의 야심 찬 비상금을 털어 나온 게 전부였다. 삼시 세끼를 먹고 찜질방 비용까지 낸다면 하루 이틀이면 끝날 액수였다. 알바를 구하는 일도 불가능한 상태에서 뭘 하면서 시간을 죽여야 할지도 문제였는데 그 모든 게 한꺼번에 해결되었다. 일석삼조의 완결판이 나를 위해 마련되어 있었다. 하늘의 뜻이라고 하면 오버일까?

버스에서 내려 서성이는데 부담스러운 눈빛으로 나를 보던 옆 좌석 아줌마가 선뜻 다가와 나를 분식집으로 데려갔다. 말 한 마디 안 건네고 눈 한 번 찡끗 하는 걸로 날 이끌었다. 대단한 카리스마다. 사실 전에 배에 팔려 갈 뻔했던 과거가 떠올라 멈칫했지만 아줌마의 정겨운 눈빛은 일순간에 긴장을 풀게 만들었다. 할머니가 봤다면 내게 '간 큰 년!'이라고 고함을 쳤을 게다. 하지만 나도 18년을 거저 살지 않았기 때문에 살면서 나름 체득한 게 있다. 적어도 사람의 눈빛 정도는 제대로 읽을 만한 능력이 있다고 자부한다. 아줌마의 눈빛은 마치 초식 동물의 평화로움이 담긴, 순도 높은 눈빛이었다. 공격성이라든가 음험함, 그딴 건 하나도 없어 보였다.

분식집에서 눈으로만 메뉴판을 읽고 있는데 아줌마가 내 몫으로 돈가스를 시켰다. 독심술도 하나 보다. 아줌마는 자기 몫으로 나온 콩국수에 소금을 휘휘 뿌려 한 모금 크게 마시고는 비로소 입을 떼었다.

"너…… 갈 데 없지?"

"……."

"하긴…… 갈 데가 있으면 여기 이렇게 앉았겠니?"

난 고개만 끄덕였다.

"그럼 하나만 먼저 물어볼게. 집을 나온 거니? 일명 가출 고딩?"

역시 끄덕였다. 일단은 벙어리 콘셉트를 택했다. 할머니는 맨날 나보고 "맹해서 생각도 않고 덜컥덜컥 발부터 디밀어서 번번이 잡아맥히고 댕긴다."라고 하셨지만 나도 나름 간을 볼 줄 안다.

"그랬구나. 일단 먹고! 나도 먹으면서 생각 좀 해 볼게. 우리…… 먹고 나서 이야기하자."

순식간에 '우리'로 엮는 아줌마 덕에 편하게 돈가스를 먹을 수 있었다. 아줌마는 콩국수를 정말 맛나게 드셨다. 국수를 젓가락으로 휘휘 말아 날렵하게 수저 위에 얹고는 콩국에 한 번 담갔다가 입 속에 쏙 넣는 품새가 어찌나 노련하고 깔끔한지 턱없이 신뢰감이 생겼다. 아무리 어려운 문제가 생겨도 쉽게 풀어낼 타입일 것 같다. 그리고 내 추측은 맞았다.

"너도 무슨 말 못할 사정이 있겠지. 얘기하고 싶지 않을 거야. 그렇다고 억지로 집으로 돌려보내는 건 방법이 아니라고 생각해. 아! 그렇다고 네 가출을 지지한다는 소린 아니고. 다만 너도 네 사정이 있을 테니 존중해야지. 그리고 솔직히 억지로 보내려 들면 또 다른 데로 튈 거잖아? 근데 아줌마 생각엔…… 괜히 서성이다 이상한 곳에 휩쓸리거나 그럴까 봐 걱정이 돼서…… 그래서 생각해 봤는데…… 아줌마가 가포리에서 펜션을 하거든? 여분의 방이 있으니까, 거기서 하루 이틀만 지내면서 생각을 해 보는 것도 괜찮을 듯싶은데…… 어떠니?"

어디 나쁜 데 데려다 팔아먹는 것만 아니라면 나로서는 거절할 이유가 없었다.

그리하여 난 바닷가의 그림 같은 유럽풍 펜션에서 우아하게 묵을 수 있었다. 고맙게도 아줌마의 집에는 내가 어려워해야 할 아저씨도, 못된 딸이나 포악한 아들도 없었다. 하다못해 눈치 주는 친척 아주머니도 없었다. 끼니때 이것저것 먹으라고 반찬 훈수를 두시는 맘 좋은 할머니 한 분만 계실 뿐이었다. 그리고 또 더더욱 고맙게도 피서철인데 이곳에는 손님이 뜸해 내 몫의 근사한 2층 방이 남아 있었다.

아줌마는 아까워하는 기색 하나 없이 내게 방을 내주셨다. 방만 주신 게 아니라 읽을 책 몇 권과 아줌마 아들이 두고 간 것이라며 작은 노트북도 하나 빌려 주셨다. 그러고는 저녁나절에는 깜빡했다며 허둥지둥 들어와 사각거리는 새 침대 커버로 갈아 주셨는데 그 대목에서 나는 완전 감동 먹었다. 혹시 하늘에서 내려온 천사가 아닐까 싶어 겨드랑이 쪽을 찬찬히 살펴봤는데 팔을 들 때마다 출렁거리는 아줌마의 넘치는 살들이 날개로 변신하기에는 전혀 적절치 않다는 생각이 들었다.

아줌마는 천사가 아닌 것이 분명했지만 상대를 천사 같은 사람으로 만드는 재주가 있었다. 난 아줌마의 호의에 감동해 자발적으로 나가 일을 도왔다. 열의와 성의를 다해서 뒷마당에 걸린 빨래들을 걷었고 햇살에 바삭하게 마른 수건들을 직사각형으로 접어 놓고 걸레로 구석구석 닦았다. 청소를 할 때마다 자꾸만 할머니가 떠올라 마음이 편치 않았다.

이틀 밤을 자고 났는데도 아무것도 묻지도 따지지도, 그렇다고 '이젠 집에 들어가라!'라는 식의 훈계조차 하지 않는 아줌마가 고맙다 못해 차라리 수상쩍기 시작했다. 사흘째 되던 날 밤, 야심한 시각에 펜션 마당에 놓인 그네에 앉아 음악을 듣고 있는데 아줌마가 자다 말고 졸음에 겨워 비척비척하며 나왔다. 사위가 너무 조용한 탓에 그네의 이음새에서 나는 쇳소리가 거슬려 한 소리 하시려나 보다 했는데, 아줌마는 나오자마자 바닥에 쭈그리고 앉아 풀에 불을 붙였다.

"벌레들 안 덤비게 해 주는 사철쑥이야."

그러고는 다시 비척비척 걸어 들어갔다. 너무 고마워 차라리 화가 난다.

'뭐야? 무슨 어른이 저래?'

애들만 보면 '한 소리 하기'가 특기인 보통의 어른들과 아주 달랐다. 그 동네 아줌마들이 호기심으로 나에 관해 물어도 아줌마는 '먼 친척 조카'라며 나를 감쌌다. 그랬는데도 왜 그렇게 뒤틀린 마음이 밤새 나를 붙잡았는지 모르겠다.

'어른이 되어 애들을 바른길로 이끌어야지. 저래도 되는 거야? 어차피 남의 집 애니 내 알 바 아니다 이거겠지, 뭐!'

말도 안 되는 적반하장 격 생각을 했다. 아침상을 받으면서 '대체 내가 왜 간밤에 아줌마를 상대로 맘이 비틀렸던 거지?' 하고 곰곰이 따져 보니 그건 '난 이제 절대 천사가 되고 싶지 않다.'라는 생각 때문이었던 것 같다.

난 삐뚤어져야 한다. 그게 나를 일으키는 힘이다. 고로 난 지오를 미워해야 한다. 기필코 그래야 한다. 이젠 내 차례니까! 그게 내 지상 과제인데 왜 하필 저 아줌마는 자꾸만 나를 녹신녹신하게 만드는 것인지 모르겠다. 난 지금 분노와 오기와 투지, 이런 것들로 무장해서 단단해져야 한다. 아줌마 때문에 선의와 배려를 앞세우며 '좋은 게 좋은 거지.' 이딴 말이나 구시렁거리면서 뒤로 물러날 수는 없다.

문득 내 앞의 과제를 떠올리자 정신이 번쩍 났다. 그래서 콘셉트를 바꾸기로 한다. '사정이 있어 본의 아니게 가출은 했으나 그래도 심성은 바른 학생'이 요 며칠간의 콘셉트였다면 이젠 과감하게 그걸 포기한다. 난 지금부터 '뒤틀려서 가출할 만한 아이 내지는 당돌하고 맹랑한 요즘 애들' 콘셉트를 택했다. 하여 침을 한 번 꿀꺽 삼키고 다소 건들건들한 말투로 물었다.

"근데요, 아줌마 넘 착하신 거 아니에요? 저를 어떻게 믿고 집에 들이시고…… 솔직히 제가 어떤 앤지 모르시잖아요. 요새 세상이 얼마나 험한데…….”

나름 깐죽대며 말했는데 아줌마는 놀라기는커녕 순식간에 나와 같은 모드로 변신한 사람처럼 말한다.

“모르긴? 거기서 거기지.”

“거기서 거기라뇨?”

“튀어 봤자 벼룩.”

갑자기 자존심이 상한다.

“제가 벼룩이라구요?”

“이를테면…….”

그러고는 깔깔대며 웃는다. 이 아줌마 뭐야?

“내가 네 선배거덩. 선배니까 잘 알지.”

“선배라뇨?”

“가출 선배. 나도 너만 할 때 아주 혹독하게 지냈거든. 가슴속에 이따만 한 불씨를 지니고 그걸 어쩌지 못해서 좌충우돌했어. 여기저기 들이박고 밀치고…… 굉장했지.”

“비행 청소년이셨구나?”

“비행 청소년이 어디 따로 있나? 그냥 가슴속에 불씨를 다루는 방법을 몰라서 그런 거지, 뭐……. 우리 엄마아빠가 사이가 안 좋았는데…… 엄마가 이상하게 아빠를 제일 닮은 나를 구박하는 거야. 꼭 계모처럼! 우리 엄마 쫌 심했거든? 어릴 때야 찍소리 못하고 당하고만 살다가 내가 머리 커지니까 그게 불씨가 돼서 내 안에서 어쩌지 못하고 막 들이받게 되더라. 코뿔소처럼 여기저기 퍽퍽, 가출도 하고 쌈박질도 하고…… 굉장했지. 너도 불씨를 어쩌지 못해서 나온 거 아니니?"

내 안에서 이글거리는 지오에 대한 분노. 그게 아줌마가 말하는 불씨일까? 그리고 엄마에 대한 원망도?

"근데요…… 그 불씨는 우리가 만든 게 아니니까 결국 우리 책임이 아니잖아요! 솔직히 아줌마 것도 아줌마 엄마가 준 상처잖아요!"

"뭐, 굳이 출처를 따지자면 그렇겠지만…… 살면서 상처 안 받고 사는 사람이 어딨니? 누구 때문이든 내 안의 상처는 내가 어떻게 처리하느냐가 문제겠지. 똑같은 상처를 받고도 복수를 하는 사람과 용서를 하는 사람이 있잖아. 부처님 왈, 원한을 품는 건 다른 사람에게 던지려고 뜨거운 석탄을 쥐고 있는 거나 마찬가지래. 화상을 입는 건 결국 자기 자신이란 소리지."

용서 운운하는 아줌마의 말을 듣고 있자니 갑자기 비위가 틀린다. 가식적인 멘트로 들렸다. 물론 평상시 아줌마의 콘셉트와는 딱 맞아떨어지지만 그러거나 말거나 내 입장에선 듣고 싶지 않다. 들을 귀도 없다. 긴말하고 싶지 않아 억지소리를 했다.

"아! 아줌마, 부처님 친구시구나!"

난 부처님하고 아무런 감정도 없다. 그렇다고 내가 하느님 편이라 부처님께 거리를 두는 입장도 아니지만 그냥 한번 꽈 본다. 교화되지 않기 위해 벌떡 일어나 엉덩이를 먼지 나게 털며 입 속으로 다짐한다.

'용서는 내 취향이 아니야! 난 기필코, 단연코, 맹세코 용서 따위는 안 할 거라구!'

용서를 향해 주먹질도 해 본다.

대화 중에 줄행랑치듯 달아나는 나를 향해 아줌마가 웃으며 외친다.

"어이, 벼룩. 잘 때 창문 꼭 닫아라!"

아무런 훈계나 지적질도 않고 내게서 뭔가를 캐려 들지도 않는 아줌마에게 약간 미안한 생각이 들어 내일 아침에 변명이라도 할까 싶었는데 인생이란 늘 그렇듯이 의도대로 안 된다. 인생은 우리의 의도보다 늘 한 수 위다.

그날 밤 자려고 누웠는데 자동차의 헤드라이트가 캄캄한 밤바다 위를 환하게 밝히는 듯싶더니 뒤이어 요란하게 개 짖는 소리와 함께 웬 중년 아줌마와 아저씨가 들이닥쳤다. 서울에서 누군가 내 핸드폰 위치 추적을 했단다. 나에게는 달려올 엄마아빠가 없는 관계로 할미니네 배드민턴 동호회 회원의 딸자식 내외가 대신해서

와 줬다. 부탁 때문에 마지못해 온 거라 짜증이 났나 보다. 나를 보자마자 퉁명스럽게 차에 태웠다. 펜션 아줌마한테 자초지종을 묻는 것도 생략한 채 서둘러 출발하는 바람에 아줌마께 제대로 인사조차 못했다. 오면서 내내 마음에 걸리긴 했지만 아줌마는 용서가 취향에 맞는 분이시니까 나를 이해해 줄 거라고 결론을 내렸다.

할머니네 동호회 회원의 딸자식이라는 그 아줌마는 서울로 오는 내내 입 한 번 열지 않더니만 내리기 직전에 백미러로 뒷좌석의 나와 눈을 맞추고 호통을 쳤다.

"야! 야! 가시나가 가출까지 해싸코…… 잘 나간다. 하모…… 니도 바닥을 쳤으니 인자 어데던 기를 쓰고 올라서는 법을 찾아야 안 카겠나! 내 딸 같아서 하는 소리니 잘 새겨들어라이."

어찌나 땍땍거리면서 이야기를 하던지 일종의 분풀이로 들렸다. 그런데…… 바닥을 치고 올라서는 법이 과연 뭘까?

나도 때로는 주목받고 싶다

“그런 걸 두고 나무 흔드는 놈 따로 있고 열매 주워 가는 놈 따로 있다고 하는 거야!”

내 가출의 풀 스토리를 듣고 승미가 총평을 한다. 아닌 게 아니라 내가 집 밖으로 뛰쳐나가는 수고로움을 감수하는 동안 지오는 가만히 앉아 열매를 주워 먹었다.

첫 번째 열매는 아빠에게 학원비를 지원받기로 한 것이다. 내가 가출을 한 뒤 틀림없이 아빠한테 갔을 거라는 할머니의 확신과 재촉 때문에 지오는 마지못해 아빠에게 전화를 했단다. 그런데 어찌 된 일인지 이번에도 아빠와의 연락이 쉽지 않았고 급기야 지오는 강원도 정선행을 택했다. 그리고 거기에서 아빠를 만나 학원비를 약조받고 온 것이다. 여우 같은 지오는 아마도 내 가출의 이유에 대해서 아빠에게 함구했을 게다.

만약 자세히 말했다면 아빠가 '은오, 걘 별일 없을 거다.'라며 내 문제는 내버려 두고 지오의 학원비 얘기만 하지는 않았을 것이다. 지오, 그 나쁜 계집애는 그 점을 노린 걸 테고.

승미는 또 혀를 차며 말했다.

"딱하다! 네가 실속 있는 애라면 그렇게 무작정 집을 뛰쳐나갈 게 아니라 네 아빠한테 가서 학원비를 대 달라고 졸랐어야지. 머리는 안 쓰는 거니, 못 쓰는 거니, 아님 쓸 머리가 없는 거니?"

내가 실속이 없다는 건 나도 안다. 하지만 그게 머리를 안 쓰거나 못 써서 생긴 결과는 아니다. 나도 머리를 썼다. 다만 버섯 농사를 짓는 아빠에게 학원비를 달라고 우길 수 없었을 뿐이다.

승미가 저렇게까지 내 문제에 분개하는 데에는 다른 이유가 있다. 그건 지오가 얻게 된 엄청난 두 번째 수확물 때문이다. 우리가 그렇게도 막으려 했던 일…… 지오와 선집이 만나고야 말았다. 그냥 만나기만 한 게 아니라 둘 사이에 불꽃이 튀어 급기야 커플로 발전하게 된 것이다. 되는 놈은 어떻게 해도 된다더니 우리가 그토록 야무지게 원천 봉쇄를 했건만 모든 게 수포로 돌아갔다. 그것도 어이없게 내 덕에 두 사람이 만났으니 기가 막힐 노릇이었다. 열심히 나무를 흔든 사람은 나였는데 선집이란 열매는 통째로 지오 앞에 떨어졌다. 헐!

지오는 아빠한테 가기 전에 짜장 멤버한테 연락을 했단다. 이 대목에서 승미에게도 책임이 있다. 지오의 전화를 받았어야 했다. 결국 아무도 연락이 되지 않자 지오는 내키지 않는 발걸음으로 선집을 찾아갔단다. 가슴 아프게도 두 사람의 시작은 완전 드라마틱했다.

평소의 캐릭터대로 지오가 시종일관 나에 대해 호의적이지 않자 선집은 지오에게 대뜸 화를 냈더란다.

"야! 가라!"

"뭐?"

흰자가 시원하게 드러나 보이게 째려보는 지오에게 선집은 한 방 더 날렸다.

"언능 가라고. 하고 싶지도 않은 일을 뭐하러 하고 댕기냐?"

"얘 미친 거 아냐!"

"너, 네 언니 걱정돼서 찾아 댕기는 애 맞냐?"

"네가 뭔 상관이야?"

"그래. 그럼 나 상관 안 할 테니 가라!"

상상이 가는 대목이다. 나를 찾아다니느라 아까운 시간 날리고 또 결국은 별 시답잖은 날라리까지 만나러 왔으니 지오의 짜증은 극에 달했을 것이다. 그런 지오에게 선집이 나쁜 남자 콘셉트로 응대하면서 정곡을 찌르니 순간 멍했을 것이다.

"꼴에 우정 앞세우면서 널 싸고도는데 확 자극받더라? 부럽기도 했고…… 암튼 그래서 내가 꼬리를 확 내렸지, 뭐!"

지오는 상황이 반전되는 대목까지 조목조목 리얼하게 침을 튀기며 내게 설명했다. 지오의 입을 통해서 듣게 된 그 이야기는 정말 아팠다. 내 뼈 마디마디를 실로폰 막대로 톡톡 치면서 연주를 하는 것 같았다. 잔인한 계집애. 지오의 말 중에서 제일 잔인하게 와 닿은 어휘가 '우정'이란 말이다.

선집은 왜 굳이 우정을 앞세웠을까? 아님 지오, 저 계집애가 일부러 내게 '우정'이라고 콕 집어 말하면서 선을 긋는 것일까? 그리고 선집의 나쁜 남자 콘셉트는 정말 나에 대한 진심 어린 우정 때문이었을까? 아님 지오를 후리기 위한 치밀한 전략이었을까?

물론 뒷이야기를 더 들어 보니 진심이었음이 자명했건만 난 차라리 전략이길 바라는 마음이 더 컸다. 애초부터 우리가 우정인 게 너무 싫었으니까.

선집은 꼬리를 내린 지오와 선선히 말을 트기 시작했다. 그러자 지오가 선집에게 물었다.

"뭐 그렇게까지 까칠하게 구냐!"

선집은 언젠가 내게 털어놓았던 자기 아픈 개인사를 늘어놓으며 아마도 트라우마 때문이었을 거라고 말했단다. 상대의 아픔을 공유하게 되면 둘은 순식간에 가까워지기 마련이다. 지오 역시 선집의 말끝에 자기 몫의 아픔도 털어 보였으리라. 그렇게 두 사람은 커플이 되기 위한 첫걸음을 뗀 거다.

지오는 선집이 단순 무식한 날라리일 거라고 오해했던 것과 달리 얘기를 해 보니 나름 실속 있는 매력파라는 걸 알게 되었다. 게다가 선집은 지오에 관해 준비된 자세였으니 더 말할 나위도 없고. 결국 둘은 내 문제를 의논한다는 명분하에 오랜 시간 이야기를 나눴고 그러면서 서로에게 온기를 사정없이 쏘아 댄 것이다. 안 그래도 선집에게 지오는 첫사랑이니까 기본 가산점이 있었는데 지오까지 호감을 보이니 둘은 순식간에 찰떡처럼 붙게 되었다.

찰떡들에게 황금 같은 기회는 또 주어졌다. 아빠와 통화가 되지 않자 지오는 정선행을 결심했다고 털어놓았고 선집은 "딴 일도 아니고 은오 찾는 일인데 나도 도와야지." 하면서 새삼 나와의 끈끈한 친분을 들먹이며 동행을 자청한 것이다. 강원도행 시외버스에 둘이 딱 붙어 앉아 왕복 여섯 시간가량을 함께했을 걸 생각하니 마음이 아파 명치끝이 저릿저릿해진다.

"결국 죽 쒀서 개를 준 셈이네!"

그 말을 듣자 영양 상태가 좋은 개가 나를 보며 씩 비웃는 그림이 떠오른다.

그래도 가출 사건이 있은 뒤 할머니와 외숙모는 비로소 내 말에

귀를 기울이기 시작했다. 하지만 두 분 다 사고가 꽉 막혀 있기는 여전한 터라 시종일관 봉창만 두들기셨다. 결국 귀만 기울였다 뿐이지 가출 전과 결과는 똑같다는 소리다.

"반주만 있으면 어데서든 불러 재낄 수 있는 게 노래 아이가? 그제? 근데 뭐할라꼬 비싼 돈 쳐들여 가며 대핵교까지 댕기야 한다 말이고?"

"맞다! 그게 다 허세 아이가? 그리고 노래해서 밥 묵나? 인자는 그런 세상은 갔다. 엊그제 뉴스 보이 멀쩡허니 유학 댕기 와서도 일부러 고졸자인 척하문서 취직자리 얻을라칸다대! 생존이 우선인 기라!"

그래서 두 분이 내린 결론은 '정 그라문 니도 공부를 해라.'였다. 내가 아무리 설명을 해도 이 세상에는 길이 하나밖에 없다고 믿는 두 분이라 완전 요지부동이다. '실용음악과를 가려면 학원이라도 다니면서 전문적인 코치를 받아야 한다.'라는 나와 '너도 공부를 해 취직이 쉬운 전문대라도 해 봐라.'라는 두 분의 입장. 똑같은 이야기가 마치 돌림 노래처럼 끝도 없이 계속되자 보다 못한 지오가 중재에 나서는 척했다.

"좋아! 그럼 너나 나나 각자 알아서 매진하기로 하고…… 무조건 붙는 사람한테 우선 투자하는 걸로 하자. 그게 공평하잖아."

공평은 젠장. 불을 보듯 뻔한 경주다. 토끼와 거북이 이야기와

다를 바 없다. 애초에 게임이 안 되는 일이다. 물론 그 이야기에는 변수가 있다는 걸 암시하고 있지만 그건 일부 몰지각한 토끼의 이야기일 뿐, 우리 집 토끼는 욕심이 많아서 승부에 관한 한 눈이 벌겋다. 고로 우리 둘 사이에 변수는 없다. 이건 일종의 조삼모사(朝三暮四)다.

"싫어! 이번엔 내 차례야."

내 이야기에 지오가 발끈한다.

"야! 너 또 그 얘기야! 그럼 난?"

"몰라. 내 알 바 아니야."

"너, 그 실용음악과인지 뭔지…… 경쟁률도 허벌나게 높다던데 붙을 자신 있어?"

"자신은 모르겠고 해 보고 싶어."

"뭐야! 밑 빠진 독에 알량하게 남은 걸 다 쏟아붓겠단 소리야?"

"밑이 빠졌는지 막혔는지 네가 뭘 알아?"

"안 봐도 비디오다."

그 말에 내가 흥분할 조짐을 보이자 지오는 다소 부드럽게 말했다.

"그 학원이 한두 푼도 아니더만! 그것만 방법이 아니잖아. 네가 궁극적으로 하고 싶은 게 노래면……."

"다른 집 애들도 다 학원 다녀. 기준이도 다니고……."

"그건 다른 집 애들 이야기고. 넌 아니, 우린 아주아주 많이 다른 집 애들이거든!"

'우리'란다. 언제 우리가 '우리'였던 적이 있던가? 일란성 쌍둥이여도 우리는 이제 외모조차 닮지 않았다. 근데 왜 갑자기 우리?

"우리? 웬 친한 척?"

"짱구니? 지금 그 소리야? 우리 처지를 생각해 보라구."

처지라는 말에 갑자기 어디선가 찬바람이 불어오는 것 같이 한기가 든다. 지오 역시 풀이 팍 죽어 말한다.

"그럼…… 넌 어쨌으면 좋겠는데?"

"몰라! 암튼 내 차례야!"

솔직히 나도 어쩌자는 건지 잘 모르겠다. 그냥 그게 무엇이든 간에 '지오 아니고 은오'이기만 하면 된다는 생각이 드는 게 솔직한 심정이다. 나도 주인공이고 싶다는 소리다. 어릴 적 내가 솎음용으로 뽑혀 시골에 처박힌 채 살아남으려고 숨 고르기를 하던 동안 지오는 도도한 얼음판 위에서 주목받는 딸로 살았던 그 시절을 감안해서라도 이제는 나를 주인공으로 뽑아 달라는 소리다. 그 선택을 누가 하는 것이든 간에, 그게 할머니든 외숙모든 아님 운명이든 간에 이제 더 이상 내가 밀리기는 싫다는 소리다.

답답한 마음에 선집에게 전화라도 하고 싶지만 이제는 그것조차 할 수가 없다. 선집의 마음을 홀라당 가져간 애도 '은오 아니고 지오'다. 그래서 난 더더욱 내 차례를 고수하는 거다. 어쩌면 난 내가 뭘 갖고 싶은지 모르는 건지도 모르겠다. 어쩌면 펜션 아줌마 말대로 난 지금 내 안의 뜨거운 불씨를 어쩌지 못해서 좌충우돌하고 있는 건지도……. 바닥을 치고 올라서는 법은 그 불씨를 끌 줄 아는 성숙함일까? 아무튼 지금은 좌충우돌할 때인 것 같다.

짜장의 공연은 허무하게 끝났다. 내 노래를 듣고 기함을 토하는 사람도 없었고 사인을 해 달라거나 기획사라며 명함을 주는 사람도 없었다. 구경을 온 관중들은 열성적인 박수도 치고 더러 휘파람도 불었지만 나중에 생각해 보면 그건 그야말로 으레 하는 박수였다. '들었으니까 쳐 준다.'는 식의 의무 박수랄까? 물론 이해는 한다. 어차피 준비된 관객들은 아니었으니까. 그래도 김이 샜다. 공연에서 뭔가를 기대한 건 아니지만 그래도 세상이 아주 조금은 달라질 줄 알았는데 그런 일은 없었다. 그런 데다 공연 뒤풀이 모임도 못했다. 기준이의 중학교 동창생 중 하나가 쌈박질을 하다가 사고를 쳤다고 그리로 우르르 몰려가는 바람에 미현이와 나만 뻘쭘하게 마주 보며 햄버거만 먹고 집으로 돌아가야 했다.

공연이 끝나고 이제는 연습조차 없으니 허전하고 허무해서 미칠 것만 같았다. 그런 증세는 나만의 것은 아니었는지 승미는 애들을 소집해 "이 기세를 몰아 오디션 프로그램에 나가자."라고 불을 붙였다. 하지만 그 불은 곧 꺼졌다. 선집이 물을 뿌렸다. 느닷없이 탈퇴 선언을 한 것이다.

탈퇴라 함은 이제 공식적으로나마 선집을 볼 기회가 없다는 소리다. 마음속으로 눈물이 소리 없이 흐른다. 선집은 섭섭해하는 우리들에게 잠정 탈퇴라는 이름을 붙였지만 그건 편하게 내빼기 위한 편의주의적 발언이다. 선집이 당분간 공부에 전념하기 위해 그토록 아끼는 기타를 사촌형 집에 맡겨 놓았다는 걸 보면 영구 탈퇴를 의미한다. 그리고 그러한 결정을 내리는 데 지대한 공헌을 한 애가 다름 아닌 지오라는 걸 내가 모를 리 없어 또 한 번 피눈물이 난다. 나를 향한 지오의 의도적인 주먹질일지도 모른다는 생각이 들어 약이 올랐다. 하지만 내 맘을 알 리 없는 선집이 큰 소리로 외친다.

"가자! 크게 한턱 쏠게."

한턱을 쏘다니? 탈퇴자가 내뱉어서는 안 되는 표현이란 것을 선집은 까맣게 모르는 듯했다. 삼겹살집에 가서도 선집은 여전히 모르는 애답게 싱글벙글이었다.

"재는 뭐가 저렇게 즐거운 걸까?"

"설마 앞으로 공부를 열심히 할 생각에 좋아서 저러는 거 아닐까?"

승미의 질문에 나 역시 자조적인 대답을 했지만 나도, 승미도 모르는 바는 아니다. 선집의 얼굴에는 '목하 열애 중'이란 글씨가 대문짝만 하게 쓰여 있다. 까만 눈동자의 가운데가 약간 함몰되어 하트 모양을 만들고 있다. 그래서인지 평소와는 다르게 약간 저능아처럼 보인다. 그러거나 말거나 목에 핏대를 세우며 떠드는 선집을 옆 좌석에 둔 채 승미와 나는 소주라는 걸 마셨다. 차마 '위로주'라는 말은 못 꺼낸 채 서로 주거니 받거니 했다.

"부탁해잉!"

술이 확 깬다. 우리 집을 지척에 두고 선집이 콧소리를 내기 시작했다. 그것도 나를 상대로. 무슨 말인지 대번에 알아챘지만 시치미 딱 떼고 정색을 했다.

"뭐! 뭐! 어쩌라구."

"어우, 야!"

어이가 없다. 분명 처음 소주를 마셔 본 내가 걱정이 된다면서 부득부득 나를 데려다 준다고 온 놈이었다. 같이 가겠다는 승미와 미현이를 굳이 만류하기에 내게 뭔가 할 이야기가 있는 거라고 내심 기대했다. 그도 그럴 것이 가출 사건 이후로 단둘은 처음이니까. 선집도 내게 뭔가 정리할 게 있으리라고 생각했다. 아님 적어도 위로 정도는 해 주리라. 것도 아니면 '다신 가출하지 마라.' 정도의 지엄한 훈계라도. 아니, 그것도 아니라면 한때 자기의 고민을 털어놓았던 상대가 나였음을 기억하고 내게 현재 자신의 심경을 말하려는 걸지도. 물론 지오 이야기가 나올 테니 듣고 있자면 통증을 동반하겠지만 절대 티 내지 않고 의연하게 들어 주리라 속으로 결심도 했다.

작은 고추가 맵다더니 키 작은 병의 소주는 고작 딱 두 잔 정도를 털어 넣었는데 내 속을 제멋대로 휘저었다. 그럼에도 불구하고 난 애써 정신을 차리고 선집이와 나란히 집 앞까지 왔다. 중간에 취기를 빌미 삼아 살짝 비틀거려 볼까 했지만 그런 식의 구차한 스킨십은 내 인생에 오점을 남길지도 모른단 생각으로 참았다. 그랬는데…….

“어우 야, 뭐?”

“지집애, 다 암시롱!”

정말 욕 나오는 대목이다. 지금 선집은 나한테 지오를 불러내 달라고 저렇게 콧소리를 내는 중이다. 내 덕에 사귀게 된 두 사람은 학업에 열중하기 위해 일주일에 딱 한 번만 만나기로 원칙을 세웠단다. 이제 막 시작한 커플이 그런 원칙을 세우는 게 과연 진정한 연애일지 나로서는 이해가 안 가지만, 아무튼 걔들은 그러기로 했단다. 단, 우연히 길에서 마주친다거나 부득이하게 보게 될 때는 예외로 하기로 했다며. 지금 선집은 나한테 그 우연을 만들어 달라고 저렇게 생떼를 쓰고 있다. 내가 마술사 할멈 정도로 보이는 건지…….

사랑을 한다는 건 저렇게 알 수 없는 열에 들뜨게 되는 건가 보다. 그리하여 사리 분별 불가에 염치 불가, 때로는 인간의 도리마저 내팽개치는 그런 몰지각한 것이 사랑인가 보다. 아마 그래서 어른들이 미성년자 연애 불가를 외치는 건지도 모르겠다.

열에 들뜬 선집의 모습을 보는 일은 너무나 잔인했다. 어찌 보면 인생은 이렇게 잔인한 것인지도 모르겠다. 그 잔인함을 이겨내려면 냉소가 필요하다. 냉동칸에 넣어 얼린 것 같은 차가운 마음으로 그 아픔을 한번 이겨 보리라 하는 오기가 생겼다. 그래서 난 인터폰으로 지오를 불러냈다.

냉전 중인데도 불구하고 내가 콜 하니 지오는 기꺼이 나왔다. 내가 무슨 담판이라도 짓겠다는 걸로 알았는지 지오는 특유의 살벌한 표정이었다가 내 등 뒤에 서 있는 선집을 보더니 갑자기 환하게 웃는다. 처음 보는 표정이다. 지오의 얼굴에 저렇게 환한 미소가 숨어 있었다니…… 늘 신경질적인 아이였는데. 지오의 낯선 모습에 약간 당황스러웠다.

"난 여기서 끝!"

이쯤에서 쿨하게 퇴장하려는데 선집은 굳이 나를 붙잡고 같이 빙수라도 먹자고 우겼다. 지오를 보는 순간 '넌 가라.' 이럴 줄 알았는데 의외다. 셋이서 한자리에 있는 게 얼마나 잔인한 일이 될지 잘 알기에 그냥 들어간다고 우겼지만 놈도 만만치 않게 집요했다. 할 수 없이 근처 빵집으로 따라갔다.

내 앞에 앉은 두 아이의 콧소리 때문에 닭살이 돋는 가운데 나는 머리를 처박고 묵묵히 빙수만 먹었다. 마치 빙수를 해치우기 위해 고용된 사람처럼. 내 배 속으로 얼음 알갱이가 들어온 덕분에 서서히 취기가 가시기 시작했다. 얼음은 사라지고 그릇에 단팥물만 너저분하게 고였을 즈음 갑자기 선집이 목소리를 깔고 말한다.

"은오야. 지오랑 잘 지내라. 니들이 명색이 쌍둥인데…… 것도 일란성이라며! 한 개의 난자가 반으로 쪼개져 나뉜 건데……."

얼씨구! 속이 확 뒤틀린다.

"무슨 소리야? 이렇게 안 닮은 일란성 쌍둥이 본 적 있어?"

난 지오가 완전 성형발이라는 걸 상기시키고 싶어 일부러 비아냥거렸다. 헌데 내가 강조하고 싶은 바가 뭔지 전혀 모르는 것처럼 놈은 딴 소리를 한다.

"외모가 뭐가 중요하냐!"

"됐구! 니들은 친목 도모나 계속해라. 난 들어갈게."

빨딱 일어서는 내 팔을 선집이 터프하게 잡는다. 걔는 그냥 잡은 건데 내 팔에는 어이없게도 전기가 흐른다. 주제 파악도 못하는 서글픈 전기다.

"솔직히 은오, 넌 내 어릴 적 친구고. 근데…… 난 너희 둘이 이러는 게 가슴이 아프다."

절씨구! 난 속으로 말한다.

'난 너랑 친구이고 싶지 않은데…… 니네 둘이 애인이랍시고 이러고 있는 게 정말 가슴이 찢어지듯이 아픈데…… 넌 알기나 하니?'

그리고 겉으로도 말한다.

"네가 우리에 대해 뭘 안다고 아프고 말고야? 너 오지랖 대박이다! 기타까지 치웠다며 여기서 부질없는 오지랖 푸지 말고 가서 공부나 하셔!"

내 말에 지오가 역성을 든다.

"좋자고 하는 말인데 넌 그렇게밖에 말 못하니?"

"그러게. 입에서 말이 이렇게 나오네!"

그리고 테이블을 밀치고 일어나는데 눈치 없이 물컵이 자빠진다. 그것도 하필 지오의 바지 위로. 물컵마저 내 편이 아니다. 온통 사방이 적이다. 뒤돌아 나오며 얼핏 보니 선집이 카운터로 뛰어가 휴지를 가져다 지오 바지를 닦아 주느라 정신이 없었다. 지오는 주목받는 여자답게 우아하게 서서 물방울을 손가락으로 톡톡 튕긴다.

차마 집으로 들어갈 수 없어서 오피스텔 비상구 층계참 구석에 걸터앉아 눈시울을 적셨다. 다시 생각해 보니 선집은 의도한 바가 있어서 날 따라온 것 같다. 그리고 그 의도는 포악한 쌍둥이 자매인 나로부터 지오를 구해 주고 싶은 절절한 마음에서였을 것이다.

어떻게 잔인해도 이렇게까지 잔인할 수가 있는 걸까? 이건 냉소 따위로 이겨 낼 수 없는 잔인함이다. 가슴이 예리한 칼로 저며지는 것처럼 아프다. 남은 저녁 시간을 어떻게 견딜 수 있을지 무서워졌다.

'누군가 나를 한 대 쳐서 기절이라도 시켜 주면 좋을 텐데…….'

이런 생각을 하고 있는데 마침 경비 아저씨가 와서 째린다.

"여기서 이러고 있으면 안 됩니다."

"그럼 어디서 어떻게 하고 있어야 하나요?"

정말 절실해서 진심으로 물었는데 야박한 답이 돌아온다.

"야! 까불지 말고 집에 들어가!"

할 수 없이 집으로 들어갔다. 절대 할머니와 마주치고 싶지 않았는데 절대 마주치지 않을 수 없는 집 구조라 할머니와 현관에서 정면 박치기를 했다. 할머니는 나를 보자마자 대번에 소리를 냅다 지른다.

"지오는? 가시나야, 낼 학원 셤이라꼬 얌전히 앉아 공부하는 아는 와 불러내 가꼬……. 니 또 쌈 걸었나? 쌈닭 맨치로 와 맨날 아를 쪼아대나 말이다!"

할머니는 벌겋게 부어오른 내 눈 따위는 보이지 않나 보다. 지오보다 나랑 같이 산 시간이 훨씬 긴데도 할머니는 왜 매번 지오를 감싸는 걸까? 이 세상에서는 공부 못하는 애들은 사람도 아니다. 공부 못하는 애들이 저절로 사라져 버리는 블랙홀이라도 하나 있어야 하는 것이 아닐까?

나도…… 때로는 주목받고 싶다!

내 마음의 닻

빵집에서의 해프닝 이후 지오는 내 눈치를 보는 편인데 반면 선집은 여전히 천진난만한 아이처럼 속없이 나를 긁어 댔다.

“엉킨 거 풀고 잘 지내라고!”

청소 시작부터 시종일관 따라다니며 저 소리다. 난 못 들은 척하려고 일부러 씩씩하게 대걸레질을 한다. 그러자 선집은 대걸레 자루를 낚아채며 말했다.

“남도 아닌데 웬만하면 대충하지!”

그동안 짜장 연습실로 쓰던 곳의 대청소를 위해 모였는데 선집은 청소 대신 나를 잡는다. 거의 쥐 잡는 수준이다.

“넌 남이니까 대충 이쯤에서 우리 문제에서 빠지지그래!”

“그렇게 남이라고 꼬집어 말할 수는 없지. 또 아냐, 네 형부가 될지? 아! 매부던가?"

"헐!"

'때리는 담임보다 말리는 교감이 더 얄밉다.'라는 말이 있지만 내 경우는 다르다. 선집이 중재한답시고 긁어 댈수록 지오에게로 향하는 악감정의 수치는 높아졌다. 그 사실을 알 리 없는 선집은 '기필코 너를 꺾으리라.' 하는 오기로 나를 따라다니며 줄기차게 긁는다.

"지오, 걔가 얼마나 짱 나게 하는 타입인데…… 왜 은오더러 뭐라는 거야? 가서 걔한테나 잘하라고 해!"

보다 못한 승미가 내 편을 들었다. 얼핏 보기에는 내 편을 드는 것 같지만 사실은 본인의 화풀이다. 승미 속도 편치 않으니까. 그리고 정해진 수순처럼 미현과 희주가 옆에서 거들었다. 코러스 걸들이니까.

"지오, 걔 장난 아니거든?"

"맞아! 거의 지존이지. 백만 인이 설설 긴다는 백설 공주."

선집은 네 여자의 반격에도 의연하다. 그러고는 작위적으로 실눈을 뜨고 음흉하게 웃는다.

"흐흐, 고마 해라! 다이아몬드는 웬만해서 기스가 안 나거덩!"

"웩! 너 병이 심하다. 중증이네."

"그리고 오해들 하시는데…… 난 지오 편을 들자는 게 아니고 오로지 은오를 위해서 이러는 거라구!"

"뺑치시네!"

"뺑 아니거든?"

"그럼, 반어법이겠지!"

땡! 미현은 틀렸다. 반어가 아니라 역설이다. 이치에 맞지 않는 모순이지만 진리를 이야기한다는 역설. 선집은 나를 위하는 게 곧 지오를 위하는 것이라고 말하는 것뿐이다. 내가 편해져야 지오를 괴롭히지 않을 테니까. 아니, 엄밀히 따지자면 내가 대학 가는 걸 양보해야 공부 잘하는 지오가 전도양양하게 미래를 계획할 테니까.

"난 말이야, 지오랑 은오가 물에 빠지면 은오를 구할 거야!"

이건 또 뭔 소리? 선집의 말에 모두들 집중했다. 나 역시 본의 아니게 긴장을 한다.

"은오는 내가 구해야 하거든! 나밖에 구할 사람이 읍써!"

인간은 정말 겁나게 어리석다. 사실이 아닌 줄 뻔히 알면서도 선집의 말에 가슴이 뛴다. 이래서 사람들이 사기 사건에 번번이 걸리는 것이다.

'1억을 투자하면 10억으로 불려 드립니다.'

이런 황당한 말에 덜컥덜컥 넘어가는 사람들처럼, 아니라는 걸 알면서도 주책없이 가슴이 뛴다. 이러다가 얼굴까지 붉어질까 걱정이다. 뒷이야기를 잇지 않고 있는 선집을 대신해서 승미가 재촉

한다. 차마 내가 할 수 없는 일이었으므로.

"뭔 소리?"

"지오야 예쁘니까, 이놈저놈 다 뛰어들어 구해 주겠지! 내가 굳이 들어갈 필요가 없지!"

"웩! 헉! 헐!"

나를 뺀 세 아이들은 이런 식의 외마디 반응을 보였다. 나? 나는 그냥 사라지고 싶은 생각뿐이었다. 조금 전 내 안에서 뛰었던 그놈의 가슴 때문에 쪽팔려 미칠 지경이다. 물론 나 혼자만 아는 사실인데도 묘하게 치욕스럽다. 멍한 상태로 내 두뇌는 공회전을 했고 속으로 흰소리만 되뇌었다.

'왜 학교에서는 이럴 때 소리 없이, 흔적 없이, 홀연히 사라질 수 있는 방법은 안 가르쳐 주는 거야? 쓸데없는 건 무지하게 많이 가르쳐 주면서 왜 정작 현실에 도움이 되는 건 하나도 안 가르쳐 주는 건지…… 그러고도 학교인 거야? 인생을 잘 살게 하기 위해서 학교가 존재하는 거 아냐? 애들 암기력, 인내력 테스트나 하려고 학교를 만들었어?'

그리고 두뇌의 공회전이 끝났을 때 의지와 상관없는 말을 떠들어 대고 있는 나를 발견할 수 있었다. 아는 사람은 알 거다. 사람은 때로 자기 의지와 무관한 일을 한다. 난 해서는 안 될 말을 했다.

"네가 뭘 알아! 네가 고아처럼 혼자 떨어져서 자란 나를 알아?

뭐! 우리가 쌍둥이라구? 그거 무늬만이야. 지오, 갠 어렸을 때부터 안 누린 거 없이 갖은 호사 다 누리고, 나는 거지처럼 엄마도 없이 자랐다구! 너…… 개가 예쁘댔지? 그거 돈으로 만든 얼굴이거든? 걔 땜에 난 되는 게 하나도 없어! 근데 왜 내가 걔한테 잘해야 해? 왜 내가 맨날 양보해야 하냐구! 봐, 결국 너도 빼앗아 갔잖아!"

머릿속에나 있어야 어울릴 법한 말들이 대명천지로 나왔다. '헉!' 했을 때는 이미 늦었다. 우 씨! 마지막 말만 안 했어도…….

"야! 개그를 다큐로 받냐? 걍 웃자고 한 얘기인데 발끈하기는!"

후회는 됐지만 갑자기 풀기도 그래서 어정쩡하게 눈만 껌뻑였다.

"그런데…… 서은오. 너 피해 의식 쩐다! 까놓고 말해서 니들이 떨어져 산 게 지오 잘못은 아니잖아. 어쩔 수 없는 상황이었던 거 잖아. 그렇게 따지면 너희 둘 다 피해자라구! 그리고 나, 너보고 양보하라고 이야기한 적 없다. 그냥 사이좋게 지내란 거지!"

'뭐? 우리 둘 다 피해자라고? 왜?'

되묻고 싶었지만 입이 떨어지지 않는다. 일단은 너무 창피해서 나와 버렸다. 악보도 정리해야 하고 뒷정리가 남았지만 누구 하나 잡지 않았다.

바람에 잎을 다 털린 황폐한 나뭇가지처럼 허탈한 심정으로 마을버스를 타는데 선집의 문자 메시지가 온다.

잘 생각해 봐. 너의 적은 지오가 아니야. 너의 피해 의식이지.

질기디 질긴 놈! 문자의 내용은 하나도 눈에 안 들어온다. 단지 선집에게 화가 날 뿐이다.

닥쳐! 잘 생각해 보니 내 적은 바로 너였네.

홧김에 쓴 답이지, 절대 고민해서 쓴 답은 아닌데 쓰고 나서 생각해 보니 맞는 것 같다. 맞다! 지금의 내 적은 선집이다. 놈은 내 연적을 감싸는 자다. 그리고 더 처참한 건 바로 그놈을 내가 사랑하고 있다는 거다. 세상에 이보다 더한 비극이 있을까? 방금 전 나의 애절한 절규를 듣고도 여전히 내 적은 지오가 아니란 말을 하고 있다니…… 이게 적이 아니고 뭐란 말인가?

연적인 지오의 죄를 더 부풀리는 푼수 같은 놈. 가슴 절절하게 원하는 사랑을 빼앗긴 자의 심정이 과연 어떨지 눈치조차 못 채는 모자란 놈. 살을 발려 낸 뼈다귀처럼 황폐함 그 자체인 내게 잘 생각해 보라며 무리한 요구까지 해 대는 찌질한 놈. 그리고 그 무엇보다 제일 나쁜 건 나를 사랑해 주지 않는 놈! 차라리 승미를 좋아하지, 왜 하필 지오를 좋아해서 내 염장을 제대로 지르는 것인지…… 야비한 놈.

그런데 왜 난 그런 놈을 좋아하는 거지? 찌질하기는 놈이나 나나 막상막하다. 놈이 적인 게 분명하건만 저녁나절에 놈이 내게 보낸 문자를 받고 난 망설임조차 없이 나갔다. 거울을 보며 내 자신에게 '지조 없는 계집애' 소리를 수없이 해 대면서. 하지만 나름 명분은 있었다. 놈이 내게 결투를 신청했기 때문이다.

적과의 결투를 신청한다. 3번 출구 옆 탄천변

진짜 결투를 할 생각이었다. 결투를 해서 혁혁한 공을 세우고 이참에 놈을 내 마음에서 도려내리라. 이 조잡한 삼각관계를 끝내야겠다. 심하게 쪽팔리고 난 뒤 집으로 돌아와 불현듯 떠오른 생각이었다.

놈을 떼어 내면 지오와의 관계도 조금은 더 선명해질 것 같다. 그리고 더불어 내 자신이 나아갈 바도 분명해질 것 같다. 더 이상 진창에서 같이 굴러 봐야 내게는 좋을 게 없다. 지오와 선집, 둘의 사랑의 역사는 더 농밀해지겠지만 난 옆에서 괜히 부질없는 헛구르기만 하는 격이다. 두 사람이 분명하게 마주 보고 있는데 그 뒤에 서서 뒤돌아보길 기다리는 건 어리석은 일이다. 그런데도 난 탄천으로 나가기 전에 거울을 열댓 번은 본 것 같다. 왜 본 거지?

탄천변을 따라 점점이 서 있는 가로등이 오늘따라 아스라이 번

진 추억처럼 서 있다. 내 가슴을 싸하게 긁는 추억이라고 생각하고 비장한 마음으로 앉아 있는데 저 멀리서 선집이 다가오는 게 보였다. 나의 비장함과는 전혀 어울리지 않는 등장이다. 역쉬! 놈은 마지막까지도 내 분위기조차 맞추지 못한다. 고로 나와는 안 어울리는 애다. 잘 가라!

놈은 킥보드를 타고 나타났다. 손잡이에 오색 줄까지 달린 유아용 킥보드였다. 새엄마가 낳은 늦둥이 동생 거란다. 그래도 말은 거창하게 한다.

"적토마가 없어서 아쉬운 대로 이거라도 타고 나왔다."

"청룡언월도는 안 갖고 댕기냐?"

"적이 찌질한데 무거운 그게 뭐 필요하겠냐? 대신……."

그러고는 주머니에서 뭔가를 꺼내 내게 총처럼 겨누었다. 가지가지 한다는 표정으로 천천히 편 놈의 손을 들여다보니 오르골이 들려 있다. 감은 태엽이 풀리면서 기타를 치는 가냘픈 소녀에게서 음악이 흘러나온다. 이루마의 'River flows in you'. 네 안에 강이 흐른다니…… 제목부터 시적이다. 그 음악은 언젠가 담벼락 아래서 선집이 내게 오르골 상자를 꺼내 보여 주던 그 시절로 나를, 아니 우리를 데려갔다. 강을 따라서 흐르듯이……. 묘한 경험이다.

놈은 딴 건 다 못해도 분위기는 잡을 줄 아는 것 같다. 하긴, 뭐 하나 정도는 잘해야 할 테니까. 음악을 배경 삼아 내게 이야기를 한다. 물에 빠지면 나를 구한다는 말은 농담을 빗대서 말했을 뿐 진심이었단다.

"헐! 진짜 날 구한다구?"

"우리 초점에서 빗나가지 맙시다."

선집은 어릴 적에 '지오 세이'란 말로 내가 자신에게 큰 위로가 되어 주었던 그 보답으로라도 날 도와주고 싶었단다.

"어릴 적 '지오 세이'의 지오는 지금의 지오가 아니라, 서은오! 바로 너니까."

"서은오, 바로 너."라는 선집의 말이 내게 왜 그렇게 큰 위로가 되는 건지……. 선집이 과거의 나만이라도 온전하게 인정해 주는 것 같아 본전치기는 한 기분이 든다. 과거 속의 선집만이라도 내 차지로 하고 싶은 마음에서였을까? 아님 어디서든 내 자신을 찾아서 가지고 싶어서였을까? 아무튼 선집의 그 말은 가슴 어딘가에 걸려 있던 빗장을 열어 준 것처럼 답답했던 내 마음을 편하게 만들어 주었다.

그리고 선집은 힘든 과거에 매여 있지 말고 손에 힘을 빼고 어릴 적에 우리가 즐겨 하던 '숨 고르기'로 마음을 다잡아 보라며 이야기를 마무리했다. 자분자분 낮은 목소리로 읊조리는 그 말에는 진심이 홍건하게 묻어났다. 그래서 나도 낮은 목소리로 "고마워!"라고 건넸다. 내 말에 고개를 끄덕이던 선집은 내 손을 펴서 오르골을 쥐어 준다.

"선물이야."

왈칵 눈물이 났다. 마치 앞에 '마지막'이라는 수식어가 붙은 기분이 든다. 난 눈물을 참기 위해 할 수 없이 농으로 버무렸다.

"그래. 이거 받고 떨어져라, 이거지?"

이로써 적과의 결투는 시시하게 막을 내렸다. 하지만 이제 더 이상 선집은 나의 적이 아니게 되었으니 이보다 더 완벽한 승리는 없다고 본다.

킥보드를 타고 다리 건너로 달려가는 선집의 뒷모습을 보면서 난 미소를 지었다. 입 속으로 이별의 맛이 알싸하게 느껴졌다. 그래도 미소를 지으며 이건 성장 효소라는 긍정적인 결론을 내렸다.

'크려면 아파야 한다잖아! 흔들리지 않고 피는 꽃이 어디 있냐고 어떤 시인이 따져 묻던 걸 들은 적이 있었거덩! 그거 맞거든!'

다리 건너로 언뜻 바람이 불어온다. 갑자기 가슴 저 안쪽으로부터 뭉근한 온기가 서서히 온몸으로 퍼지면서 기분이 나아진다. 난 바람을 맞으며 선집의 말대로 손에 힘을 빼고 숨 고르기를 해 본다. 어릴 적 기억을 떠올리며…….

"들숨은 내 안으로 들어와서 이것저것 엉키고 맺힌 것을 휘휘 저어서 외로움이라든가 슬픔 그런 것들을 낱낱이 가는 실처럼 풀어낸대. ……그때 우리가 '휴!' 하고 날숨을 쉬면 걔들은 밖으로 나가 바람이 되는 거야…….”

엉키고 맺힌 게 일시에 날아가지는 않겠지만 헐거워지는 기분은 든다. 마음이 헐거워지니 ‘당분간은 아무것도 손에 쥐지 말고 더 이상 과거를 복기하지도 말고 맑은 하늘에 뜬 구름을 바라보듯이 지내야지.’ 싶다. 오르골이 노래를 한다. 끊길 듯이 가냘프지만 분명하게 말한다. 내 안에 평화의 강이 흐른다고.

늦은 밤에 전화가 왔다. 아빠였다. 새엄마의 출산 때문에 서울의 병원에 와 있는데 급한 일이 생겨 자리를 비워야 한다며 누구든 얼른 병원에 와 달라신다. 이런 일에 ‘누구든’은 당연히 나다. 병원에서 밤을 새야 하니 공부 때문에 촌음을 아끼는 지오보다 내가 적격일 것이다. 옷을 주섬주섬 챙겨 입고 나와 전철역을 향해 허겁지겁 달리는데 내 등 뒤로 누군가의 발소리가 들렸다. 한갓진 밤길이라 무서워져 힐끗 돌아보니 지오다. 의외였다.

“같이 가! 동생 보러 가는데 너만 가냐?”

“숙제한다고 생난리더니?”

“숙제가 대수냐? 내 동생이 나온다는데?”

갑자기 ‘내 동생’이라는 말을 하는 지오가 낯선 가운데 정겹게 느껴진다.

‘이건 뭥미? 그러고 보니 지오 애도…… 내 동생이지?’

당연한 사실이 처음 알게 된 것처럼 와 닿는다.

"야! 넌 언니는 없냐?"

"뭔 소리?"

"너…… 나한테 언니라고 불러 본 적 있냐?"

"없냐! 없나? 없구나…… 왜 없지?"

그러게, 서은오! 이렇게 성까지 붙인 풀 네임 외에는 별로 정겹게 내 이름을 불러 주지 않았던 것 같다. 그러고 보면 나도 '내 동생 지오' 이렇게 살갑고 애틋한 마음을 가져 본 적이 얼마나 있었던가 싶다. 어쩌다 쌍둥이인 우리가 그렇게 떨어져 살아야 했을까? 갑자기 지오와 나, 우리 둘 다 피해자라던 선집의 말이 새삼 떠오른다.

지오와 나는 긴 밤 동안 병원 복도 의자에 나란히 앉아서 동생을 기다렸다. 담당 간호사는 난산이라며 시간이 걸릴 거라고 했다. 비교적 한가한 병원이어서 그런 건지 아니면 고딩 여학생들이 나란히 앉아 동생을 기다리는 모습이 인상적이어서인지 아무튼 간호사는 우리에게 귀찮을 정도로 말을 많이 시켰다. 몇 학년이냐, 어디 사냐, 남친들은 있냐, 요즘 고딩들 공부하기 힘들다던데 어쩌냐 등등. 그러다가 돌연 이상한 소리를 했다.

"그나저나 이제 일 대 오네?"

"네?"

"여자 다섯에 남자 하나. 요샌 딸이 대세라…… 너희 아빤 좋으시겠다."

"다섯이요?"

헉! 다섯이라면…… 쌍둥이 여동생이라는 소리다. 몰랐던 사실이다. 지오와 난 놀라 잠시 눈을 맞췄지만 간호사에게는 내색을 안 했다. 몰랐다고 하면 복잡한 가정사까지 다 들춰질 게 뻔하니까. 그러고 나서 간호사는 그때부터 쌍둥이에 관한 이야기를 늘어놓기 시작했다. 기를 땐 힘들어도 쌍둥이가 얼마나 좋은 줄 아냐는 둥, 걔들은 선천적으로 우애가 깊어서 서로 의지하고 살 수 있으니 얼마나 좋겠냐는 둥 그렇게 살고 있지 않은 쌍둥이인 우리를 상대로 끝도 없이 늘어놓았다. 듣고 있기가 민망해서 '이제 그만!'이라고 소리치고 싶을 지경이다. 내 생각에 저 간호사는 원래 수다스러운 타입인 것 같다.

수다쟁이 간호사가 호출을 받고 사라진 뒤 난 의자에 앉아 졸고 있는 지오를 보며 '선천적으로 깊은 우애'에 대해 생각했다. 선천적이라는 건 태어날 때부터 이미 갖추고 있다는 말이니, 우리 안 어딘가에 분명 있을 거란 생각을 했다. 그렇다면 실종된 우애를 찾을 수도 있지 않을까? 그리고 실종된 그것은 저절로 돌아오지는 않을 테니 노력을 해서 찾아야 할 거란 생각도 했다. 분만실에서 세상 밖으로 나오기 위해 애쓰고 있을 쌍둥이 아가를 위해서 그리고 쌍둥이 선배로서 귀감이 되기 위해서 나도 노력이라는 걸 해야겠다고 결심했다. 새 생명이 태어나는 거룩한 순간이니까. 그런 의미에서 내 겉옷을 지오에게 덮어 주었다. 졸면서도 내 마음을 읽은 건지 지오가 내게 머리를 기대 온다. 어쩌면 얘도 속으로 간호사의 말을 곱씹는 중일지 모르겠다.

어깨로 지오의 머리 무게를 느끼면서 이번에는 실종의 원인을 생각해 본다. 혹시 선집의 말대로 내 피해 의식이 원인일까? 아닌 게 아니라 내가 시골에 떨궈진 것이 지오의 책임이 아닌 건 분명하다. 그렇다면 우리 둘 다 피해자라는 말이 맞을지도 모르겠다. 그러고 있는 사이 내게도 가만가만 졸음이 다가왔다.

얼마를 졸았던 걸까? 갑자기 시끄러워지더니 어디선가 슬리퍼 끄는 소리와 함께 수다쟁이 간호사가 다시 나타났다.

“니네, 그렇게 머리 붙이고 나란히 앉아 있으니까 꼭 쌍둥이 같다, 얘!”

“쌍둥이 맞거든요?”라고 말하고 싶었는데 그러면 지오의 성형 이야기를 또 꺼내야 하니 참았다. 그 뒤로도 인내심을 발동시켜야 할 순간이 여러 번 왔다. 간호사는 또다시 쌍둥이 예찬론을 퍼붓기 시작했다. 이번에는 실제 예를 들어 ‘내가 아는 쌍둥이 이야기’가 이어졌다. 역시 주제는 ‘선천적인 우애’, ‘인연의 끈이 빚어낸 감동적인 스토리’가 주를 이뤘다.

"아! 그거 들었니? 인터넷을 통해 상봉한 쌍둥이 자매 이야기! 런던에 사는 프랑스 여자가 유튜브를 보다가 미국에 사는 자기랑 닮은 여성을 발견해서 이메일을 보내서 만나 보니 글쎄, 쌍둥이인 거야. 대박이지? 둘이 만나서 이야기해 보고는 정말 말로 설명하기 힘든 평온과 위안을 느꼈다고 그랬대. 그게 우연이겠어? 결국 피가 끌려서 만난 거지."

이상하게 듣고 있기가 민망했다. 잘나가는 엄친아의 이야기를 들으며 기죽는 찌질한 자식이 된 기분이 들어서 고약했다. 제발 이 이야기를 스톱시켜 줄 구세주가 나타나기를 간절히 바라고 있을 때 마침 쌍둥이 동생들이 구세주를 자청하고 세상 밖으로 뛰어나와 주었다. 새벽 4시 15분이었다. 날도 채 밝기 전이건만 부지런한 동생들이다.

플라스틱 바구니에 담겨 나온 쌍둥이는 애쓰고 나온 애들답게 얼굴이 빨갛다 못해 까맸다. 솜털이 보송보송한 키위 같았다. 한 바구니에 나란히 누운 그 애들을 보는데 왈칵 눈물이 솟는다. 지오도 나 못지않게 감격한 듯 눈시울을 붉힌다. 물론 여러 가지 마음이 섞이긴 했겠지만 그 안에는 분명 동생들과 같았을 어릴 적 우리에 대한 그리움 같은 것도 있을 것이다.

'우리도 저랬겠지?'

태교가 분명히 존재하는 것처럼, 좁은 엄마 배 속에 나란히 누워 열 달이란 긴 시간을 보내면서 우리 둘만의 교감이 없었으리라고 누가 장담할 수 있을까? 우리가 세상 밖으로 나가 따로 떨어져 남처럼 살게 될 거라고 예상이나 했겠느냔 말이다. 복잡한 마음은 쌍둥이들이 신생아실로 들어간 뒤에도 여전히 잔상처럼 남았다. 지오 역시 그린 건지 평상시에는 절대 하지 않을 말을 꺼냈다.

"쟤들은 우리처럼 떨어져 살지 않았으면 좋겠다."

그러고는 머쓱한지 눈을 비빈다. 하품처럼 자기도 모르게 나온 말일 거다.

"그러게. 그럴 일이 있겠어?"

"그렇지?"

"그럼!"

별것 아닌 일에 의견 일치를 본 것만으로도 가까워진 기분이 들었다. 혹시 선천적인 우애 때문이 아닐까?

"은오야. 난 네가 부러울 때가 많았어."

"뭐? 네가 나를?"

지오 왈, 내가 부러웠단다.

"정말? 왜?"

"넌 배부른 소리라고 하겠지만 난 엄마의 기대가 너무 부담스러워서 미칠 것 같았어. 그래서 부산에서 편하게 지내는 네가 부러웠어. 새벽에 눈 비비고 그 추운 아이스 링크로 나가는 일이 죽기보다 싫었거든."

"네가 좋아서 한 거잖아?"

"처음엔 그랬지. 얼음 위를 미끄러지듯이 달리는 게 얼마나 좋던지…… 근데 좋기만 한 걸로는 안 되더라. 1등이 아니면 아무것도 아니고…… 좋아하는 마음은 1등을 못하는 순간부터 다 없어졌어. 나중엔 그런 생각이 들더라. 난 1등을 위해서 스케이트를 타는 거지, 스케이트를 타고 싶어서 하는 게 아니란 생각. 근데도 엄마한테 싫다 소리는 죽어도 못하겠더라. 내가 잘할 때만 엄마가 행복해하는 것 같았거든."

"너도 힘들었구나."

마음 같아서는 토닥토닥 어깨라도 두들겨 주고 싶었지만 조금 생뚱맞아 보일 것 같아 가만히 있었다. 대신 고개를 끄덕이며 경청의 자세를 보였다.

"그러다가 결국 이상한 증세가 시작되더라구. 얼음판 위에만 서면 머리가 아픈 거야. 엄마는 내가 발목 관절에 문제가 생겼다고 했지? 그게 아니라 결국 멘탈에 문제가 생긴 건데…… 그래도 정신적인 건 맘먹기 달린 거라고 해서 극복하려고 엄청 노력했는데 결국 안 되더라구. 쪽팔리게."

그 뒤로 지오는 끝도 없이 높은 계단을 밤새도록 올라가는 꿈을 자주 꾸었단다. 지오 이야기를 듣고 있자니 마음이 너무 아파져서 한번 진하게 안아 주고 싶었다. 물론 역시 또 못했다. 며칠 전까지 지오에게 악악거리던 내가 떠올라 갑자기 그러는 건 쫌 오버 같았다. 대신 간호사가 주고 간 우유 중에 딸기 우유를 양보하고 난 흰 우유를 마셨다. 난 솔직히 흰 우유를 졸라 싫어한다.

살면서 상처 안 받고 사는 사람이 어딨냐던 펜션 아줌마 말씀이 기억났다. 세월은 지나가며 사람에게 나이를 한 살씩 남겨 주고 가고 또 그만큼씩의 상처를 새겨 주고 가나 보다. 다만 '영광의 상처'라는 말이 있는 걸 보면 상처를 어떻게 가져다 쓰느냐가 다른 것일 뿐이리라.

뒤늦게 도착한 아빠와 같이 쌍둥이를 보기 위해 신생아실에 갔다. 유리 칸막이 안으로 바구니마다 누워 있는 아가들을 하나하나 찬찬히 바라보았다. 우리 쌍둥이 말고도 세상의 모든 아가들은 하나의 보석이다. 충분히 홀로 빛나는 보석들. 누군가에게 주목받지 않아도 세상에 태어난 것만으로도 하나하나 충분히 빛나는 보석 같은 아기들이다. 나 역시 그랬을 터이고.

난 그동안 솎아진 아이라는 생각 때문에 세상으로 향하는 안테나를 접고 살았다. 누군가와 닿기 위해서는 손가락을 펴야 한다. 손에 쥔 미움의 불씨를 버리고 내 안의 상처도 털어 내고 세상과 소통하기 위해 마음의 닻을 올려야 한다.

병원에서 돌아와 쓰러져 긴 잠을 잤다. 모처럼 꿈 없이 다디단 잠을 잤다. 해 질 녘 즈음, 잠에서 깨어나 보니 세상은 온통 푸른빛으로 번지고 있었다. 어느 시인은 겨드랑이에 날개가 돋았다던데 내 마음에는 튼실한 닻이 하나 오른다. 이제 무엇이든 할 수 있을 것 같은 자신감으로 온몸이 간질거린다.

*

마이크도, 앰프도 없이 딸랑 기타 하나만으로 버스킹(busking: 즉석 길거리 공연)을 하는 일은 대로에서 짧고 헐렁한 티셔츠를 입고 물구나무서기를 하는 것과 똑같다. 목에 핏대가 설 정도로 혼신의 힘을 다해야 한다는 점, 웃옷이 훌러덩 뒤집히는 바람에 얼굴이 가려져 차라리 창피한 줄 모른다는 점, 그럼에도 불구하고 전신이 부르르 떨린다는 점, 대충 이 정도가 완전 똑같다. 노래의 첫 소절을 부르고 그 선율 속에 내 몸과 마음이 완전히 올라타기 전까지는 떨려서 눈앞의 사람들이 하나도 안 보인다.

뮤직 큐!/ 돌아 돌아/ 주저앉지 말고 돌아

박차고 날아오르기 위해/ 네 꿈을 손에 쥐기 위해

돌다 멈춰! 네 자리에 앉아/ 암 낫 얼론(I'm not alone)

그곳에서 외쳐! 점점 크게/ 잇츠 마이 턴(It's my turn)

구속도 없는 진짜 너를 위해/ 뮤지컬 체어

헐거워진 네 마음이 날개를 달게 될 거야/ 뮤지컬 체어

기, 필, 코 넌 날게 될 거야/ 유 윈!(You win)

내 노래 '의자 뺏기'다. 빠른 비트의 경쾌한 곡이다. 낭랑한 내 음색이 퐁퐁 튀어 마치 반짝이는 햇살들의 희망찬 아우성을 듣는 것 같다고, 어떤 여드름 고삐리 팬이 격찬했다. 노래를 아우성에 비유한 게 과연 칭찬일까 싶지만 난 그렇게 받아들였다. 희망이라니 그것만으로도 충분하다.

"너 같은 초짜는 버스킹을 할 때 사람들 귀에 익은 유명한 노래를 해야 간신히 성공한다구!"

기준이가 애써 훈수해 줬지만 난 굳이 내 창작곡을 불렀다. 내가 거리에서 노래를 하는 일은 사람들에게 들려주기 위한 것이기도 하지만 나를 위한 것이기도 하다. 지금은 내 자신을 이기는 것이 최대의 성공이니까. 고로 이 곡은 지오를 상대로 기필코 이기겠다는 좁은 의미의 의자 뺏기가 아니다. 내 노래를 듣고 지오가 그랬다.

"내용이 고무적이네. 청승 떨면서 뒷담 까지 않고 정정당당하게 쌈박질하겠단 거잖아. 양명하고 진취적이어서 좋아!"

역쉬! 언어 영역 1등급답게 정곡을 찌를 줄 안다.

"아! 그러니까 동반 성장을 위한 건강한 의자 뺏기?"

1등급 애인을 둔 놈답게 선집도 제대로 된 평을 한다. 도서관에 붙어 다니면서 뇌 세척이라도 받은 건지 놈은 전보다 훨씬 똘똘해진 것 같다.

여하튼! 그럼에도 불구하고 지오와 벌이는 의자 뺏기에서의 승리는 나의 궁극적인 목표다. 선집의 말대로 우리 모두의 성장을 위한 거니까. 그래서 버스킹을 시작했다. 지오가 불철주야 공부에 매진하는 것처럼 나 역시 내 꿈을 위해 부지런히 돌이라도 쌓아야 하니까. 무엇을 빼앗아 손에 쥐는가는 그다지 중요하지 않다.

진짜 요즘에는 허벌나게 바쁘다. 주말에는 버스킹, 평일에는 기준이네 사촌형이 하는 실용음악학원에서 알바를 한다. 그리고 알바생 특별 전형으로 그 학원에서 강의도 듣는다. 날로 실력이 좋아지는 게 보인다고 샘이 그랬다. 벽에 막대그래프라도 그려 놓고 싶을 지경이란다. 원래 칭찬에 야박하신 분인데도 그런 표현을 거침없이 하신다. 대박!

그뿐만이 아니다. 유튜브에 올린 내 동영상 조회수도 장난 아니게 높아져 갔다. 며칠 전에는 웹 버스킹 동호회라며 가입 권유 쪽지도 왔다. 그만큼 먹힌다는 소리다. 기분 째진다. 유튜브 검색창에 '싱싱 캐럿'이라고 치면 뜬다. 내 이름이다. 싱싱한 당근, 짜장 밴드에서 나와 독립한 보컬이니까. 난 짜장에서 탱글탱글한 붉은 색의 튀는 당근이고 싶어 그렇게 지었다. 내 말에 선집이 놀렸다.

"당근이라고? 그럼 우리 짜장 밴드도 간짜장으로 이름 바꿔야 하는 거냐?"

이디선가 바람이 불어온다. 바람은 늘 불고 싶은 내로 분나. 다만 의지를 가진 닻이 바람을 타고 원하는 곳으로 나아간다.

'돌아 돌아, 주저앉지 말고 돌아.'

열심히 움직이는 동안에는 두려움을 떨칠 수 있다. 주저앉아 툴툴거리지 않는 내가 진짜 마음에 든다.

맞다! 변명은 행동이 아니다.

작가의 말

나는 학창 시절에 책을 읽으면서 위로를 많이 받았다. 다친 마음에 새살이 스멀스멀 차오르는 듯한 놀라운 경험을 하면서 '앗! 나도 누군가에게 위로가 되는 글을 써야지.' 하고 생각했다. 고로 내 글을 한마디로 표현한다면 '토닥토닥'이다. 토닥임에도 종류가 있는데 난 눈을 맞추며 밝고 명랑한 말투로 상대의 마음을 간질이고 싶었고, 이런 내 방식으로 제일 잘 소통될 만한 곳이 '청소년 문학 동네'라 서둘러 건너왔다.

나는 '세상의 모든 삐뚤어짐은 성장이다.'라고 생각한다. '삐뚤어짐'은 단순히 탈선이나 질서를 위해(危害)하는 파격이 아니라 자기를 찾기 위한 몸부림이다. 그래서 난 시키는 대로 잘 해내는 아이보다 자기 색깔을 갖기 위해 이를 드러내며 반항하는 아이가 더 건강한 거라고 생각한다. 모든 청소년들은 재량껏 삐뚤어지면서 성장하고 우후죽순으로 자라면서 서서히 스스로를 다듬고 또 맘껏 흔들리면서 차곡차곡 내실을 채워야 한다. 그래야 마땅하다.

그런데 요즘에는 어른들의 과욕에 치여 지나치게 웃자라거나 혹은 자신이 달리는 곳이 어디인지도 모른 채 정해진 트랙 위를 경주마처럼 달리는 청소년들이 많다. 그러다 보니 존재 자체만으로도 넘치게 아름답고 행복해야 할 아이들이 피폐한 모습으로 길을 잃고 헤맨다. 가슴 아픈 현실이다.

그래서 아이들이 '건강한 뿌리내림'을 했으면 좋겠다는 바람으로 이 소설을 썼다. '의자 뺏기'는 경쟁 사회에서 살아남기 위해 남의 것을 빼앗자는 그런 살벌한 뺏기가 아니다. 자생력을 가지고 자기 의지로 몸소 몸을 움직여 자기 몫을 잘 건사하자는 의미의 '건강한 의자 뺏기'다. 동반 성장을 위한 내 몫의 '의자 찾기'라고나 할까? 내 몫이 없이는 남을 보살필 수도 없기 때문이다. 마음이 약해서 원치 않는 양보를 하고 원치 않는 행로를 걷다가 나중에 누군가를 원망하거나 상대의 목을 옥죄는 사람이 되지 않기를 바란다. 세상에는 독이 되는 배려도 있으니까.

앞으로도 내 토닥임은 계속될 것이다. 살아 있는 한 나 역시 부지런히 삐뚤어지면서 변화하고 성장하고 그러면서 켜켜이 쌓이는 삶을 뒤적이고 들썩이는 글을 쓸 것이다. 삶이 풍요로워진다는 건 세상의 숨겨진 진실을 알아내고 배우는 일일 테니까.

글의 완성은 독자와의 교감에서 그 정점을 찍는다. 독자와 만나게 될 내 글이 담겨진 책이 나온다고 생각하니 가슴 벅차고 설렌다. 그리고 여기까지 오는 데 도움을 주신 모든 이들에게 가득히 감사의 마음을 담아 고개를 숙인다. 꾸벅!

석양빛이 온 세상을 노릇노릇 굽고 있다. 가슴이 멍해지도록 아름다운 해질녘의 시간이다. 이 소설이 누군가의 마음을 덥히고 나아가 세상을 달구는 뭉근한 온기가 되길 바란다.

2015년 봄
박하령

의자 뺏기

펴낸날 초판 1쇄 2015년 3월 5일
초판 13쇄 2022년 12월 23일

지은이 박하령
펴낸이 심만수
펴낸곳 (주)살림출판사
출판등록 1989년 11월 1일 제9-210호

주소 경기도 파주시 광인사길 30
전화 031-946-1350 팩스 031-624-1356
홈페이지 http://www.sallimbooks.com
이메일 book@sallimbooks.com

ISBN 978-89-522-3068-3 43810
살림Friends는 (주)살림출판사의 청소년 브랜드입니다.

※ 값은 뒤표지에 있습니다.
※ 잘못 만들어진 책은 구입하신 서점에서 바꾸어 드립니다.